お見合いはご遠慮します

JN267399

佐槻奏多

KANATA SATSUKI

一迅社文庫アイリス

CONTENTS

ラーシュ
王子つきの騎士でサリカの護衛。
サリカの能力に反応して、無意識に
サリカに服従する性質を持っている
不憫な青年。現在、サリカのお見合
い撃退作戦に参戦中。
サリカ
王子つきの平民の女官。
王子が大好きすぎて、変態的な行動を
取りがち。「死神」の血筋であり、特殊
な能力があるため、結婚を諦めている。
現在、お見合い撃退作戦を決行中。

お見合いはご遠慮します

Don't want to do the marriage meeting.

人物紹介 Characters

エルデリック

言葉が話せないバルタ王国の王子。
サリカの能力によって、日常生活に不自由はしていない。サリカ想いの優しい少年。

ロアルド

女官長が用意したサリカのお見合い相手。既婚歴を持つ大変美しい青年。

ゾフィア

王宮の女官長。
王宮一やり手のお見合い斡旋者。

フェレンツ

バルタ王国の王。サリカの祖母の親友。王妃を亡くして以来、妃を娶っていない。

用語

死神　心を操る能力者のこと。
地域によっては「賢者」と呼ばれている。

バルタ王国　大陸の北東にある王国。
一年の三分の一は雪で閉ざされている。

ステフェンス王国　バルタ王国とかつて戦争をしていた国。
現在も小競り合い程度の争いごとをしている。

イラストレーション◆ねぎしきょうこ

Don't want to do the marriage meeting

序章　お見合いの押し売りは困ります

「宜《よろ》しいですかサリカさん。女性の花の盛りは、瞬《また》く間に終わってしまうもの。そして貴方《あなた》も成人してから三年。刻々と期限が迫っているのです！」

王宮の磨かれた白石の回廊に、女官長の低めの声が響き渡った。

黒髪を高く結い上げた女官長は、人差し指をサリカの鼻先に突きつけて宣言してきた。

「なのでお見合いをしましょう！」

サリカは呻《うめ》きそうになる。

バルタ王国の女官長ゾフィアは、王宮でも有名な『お見合いおばさん』だ。貴族女性の結婚仲介をするのが大好きな彼女が、今度はその標的にサリカを選んだらしい。

実に迷惑だった。

サリカは結婚する気が無い。仕えている王子を見守りながら、老いていくつもりなのに。

「全て私がお膳立てしてしまいますから、安心なさって。衣服も私が見立てて差し上げましょうね。今日のような服では年頃の女性として地味すぎるもの」

女官長の黒い瞳の中には、暗い亜麻色の髪を一本結びにしただけの、サリカの姿が映っている。確かに灰緑色《かいりょくしょく》のドレスは地味だが、サリカはこれを改める気は全く無かった。

「でも女官長様、これはわたしの顔に合った服だと思いますよ。しかも花の盛りの期限が迫っているのと仰《おっしゃ》るなら、そんなわたしを売りつけられては、相手の方が気の毒すぎるのではないかと思いますが」

しれっとサリカが反論すると、女官長が炎のように華やかな赤のドレスをぎゅっと握りしめて熱弁をふるった。

「いいえ！　貴方の年頃なら、まだ若さが二倍三倍に容色を引き立たせてくれます。この機会を逃してはなりません。女は鮮度が命です！」

「鮮度って言われても、わたしお魚じゃないですし……」

「とにかく私が良い方を紹介します。ぜひ一度会ってみて？」

皮肉にもめげず、女官長はさらに間合いを詰めてくる。

聞く耳を持ってくれない女官長に、サリカは仕方なく自分の本心を暴露した。

「でも……一時でも殿下から離れたくないのです、女官長様。少年から成長しようとしている微妙な年頃の可愛さを、見逃すわけにはいかないんです！」

「……は？」

女官長が目を見開いた。ここぞとばかりに、サリカは滔々《とうとう》と語った。

サリカは王子の女官である。仕えている王子はまだ十二歳。か細い体格で、子供らしい顔に浮かべられる、はにかむような笑みが非常に可愛い。王子から純粋さあふれる翠《みどり》の瞳で見つめられると、食べちゃいたい気持ちになるのだ、とサリカは語った。

聞かされた女官長は――魔物を見るような目をサリカに向けた。

「へ、へんた……」

「変態ではございませんわ、女官長様。わたしは王子殿下の信奉者なのです」

サリカはきっぱりと言い切った。そう、自分はエルデリック王子を心から愛《め》で、母のように姉のように成長を見守りたいだけ。しかしその気持ちは理解してもらえなかった。

「いえやっぱり変態……」

女官長はサリカの発言に衝撃を受けてよろけたが、ぶるぶると頭を振り、両頬を叩《たた》いて元のしゃっきりとした表情に戻る。

「ようは、王子殿下のような方が貴方の好みだということね？」

変態発言をするのなら、王子と似た人間ならば釣られるだろうと考えたのだろう。

「もう変態でいいです女官長様。とにかくそんなわけで、諦《あきら》めて下さい」

とにかく結婚したくないのだと分かってほしいサリカだったが、話を聞き終わった女官長はなぜか不審げな表情になっていた。

「まさか、それは結婚したくないがための嘘《うそ》ではないの？」

サリカは血の気が引きそうになった。結婚したくない理由は他にもあったからだ。

「こんなに拒否するなんて、あの噂《うわさ》が本当のことだと思えてきてなりませんね」

「え、噂って何ですか？」

尋ねると、女官長はきっとまなじりを吊り上げて言った。

「貴方が王子殿下の妃《きさき》の地位を狙っている、というものです」

「はあっ？　わたしは確かに貴族の親族ですけれど、お父さんは平民なんですよ？　殿下と身分が釣り合うわけがないじゃないですか！」

サリカが否定するも、女官長の厳しい眼差しに変化はなかった。

「貴方の場合、変態的な殿下への気持ちが高じて、一生殿下の側《そば》にいるため、野望を抱いたとしてもおかしくはありません。ならば殿下が毒牙にかけられないよう、貴方をまともな道へ引き戻すのが私の役目。必ずお見合いはしてもらいます！　覚悟しておいて下さい！」

女官長は一方的に宣言して、その場から立ち去る。それを呆然《ぼうぜん》と見送りながら、サリカは深くため息をついた。

上手く断ろうと思って殿下への愛を語ったら、正反対の結果になってしまった。かといって結婚は嫌だ。困る。サリカには『結婚したくない理由』があるのだ。

「どうしようお母さん」

困り果てたサリカは、とりあえず一番の理解者である母に手紙を書くことにしたのだった。

一章　お見合いと暗殺は青天の霹靂

バルタ王国は大陸の北東にある。

けして温暖な土地とは言えず、一年の三分の一は雪と共に過ごさねばならない。

それでもバルタ人がそこに住み続けるのは、神の炎に世界が覆われた破滅の時代、月から舞い降りた女神がこの地にバルタの祖先達を導き、神の炎が治まるまでの間守り続けたという伝説があるからだ。

そんなバルタの春は遅い。

雪がとけ、無数の星のように黄色い花を咲かせるフェレトが薫《かお》る今頃から、ようやく暖かな日差しが空から降り注ぐようになるのだ。

けれど甘い花が薫る春の朝だというのに、サリカは渋い表情をしていた。

原因は自分の手の中にある、厚手の紙の巻物だ。先ほど届いた母の手紙だ。お見合いさせられそうだから助けて、と書いて送った返事にしては、とても変だった。

「でもうちのお母さん、元から変な人だから……」

変な武勇伝を持つ母親のことだ、常識的な返し方をするとは限らない。そう思い直し、中身を確認することにした。開いた巻物には、母の雄々《おお》しい字が綴《つづ》られていた。

「独身主義者がやり手婆《ばばあ》から逃れるための七ヶ条……さすがお母さん。題からしてもう、直球すぎ。でも手紙の返事としては外してないところがにくい」

自分の母親の奇矯《ききょう》さに感心しながら、サリカは七ヶ条を読み上げてみた。

「一　仕事が生き甲斐。結婚など眼中外と周囲にしらしめる。

二　見合いを仕組まれた場合、なるべく相手の嫌がることをして幻滅させる。

三　目上の人物からの紹介については、恋愛結婚が理想だからと突っぱねる。

四　出会いを強制された場合、素早く友人に押しつけて逃亡する。

五　周囲に付き合っていると吹聴《ふいちょう》されたら、父のように尊敬しているだけだと広める。

六　うっかり告白されたら、実は同性が好きですと嘘《うそ》をつく。

七　それでも駄目なら、敵を完膚《かんぷ》無きまでに叩きのめせ」

読み終わったサリカはしばし黙考《もっこう》した。

一は女官長に効果がなかった。二は……まだ実行できそうだ。サリカの評判が傷ついても、結婚を避けられるならそれでいい。三は、母と父の出会い編から熱愛編までを語って、心苦しいながらも「憧れてます！」と嘘をつけばいいのだろうか。……心理的にけっこうハードルが高い。だってサリカの父は、母に拉致《らち》されたのに喜んで婿《むこ》入りしたらしいから。

四を実行するには、友人に根回しが必要だろう。さもなければ友を無くす。

五はわりとまともそうな助言だし、相手の方がかなり衝撃を受けてくれそうだ。同時に、父に関する噂《うわさ》を自分で広めるという苦行が待っている……父は変態なのに。

六は本気だと思われた時が怖い。使いたくない。七については母の発想に恐怖した。

全て読んだ上で、サリカは巻物を壁に貼り付けた。あまりに凶悪なことが書いてあるので、見合い除《よ》けに効きそうな気がしたのだ。

そして母からの手紙についての検討を後回しにし、職場へ出勤することにした。

サリカが住んでいる部屋は、広大な王宮の端にある。住み込みで働いている者用の宿舎だ。女官なら王宮内に部屋をもらえるのだが、身分は平民なサリカは、目立ちたくないこともあってここを使っている。

部屋を出てしばらく歩くと、ようやく王宮内へ入ることができる。

王宮は元々石造りの城だった。後の世代で徐々に拡張されて、石造りの尖塔《せんとう》を囲むように、四つの塔を持つコの字型の棟が二重に建てられている。

サリカは東棟の宮殿の二階へ行き、衛兵に挨拶《あいさつ》をしてから王子の私室の扉を開けた。

まずは居室の、バルコニーに続く掃き出し窓のカーテンを開ける。

朝の光が差し込む部屋の中は、麦穂色の絨毯《じゅうたん》が敷かれ、臙脂《えんじ》の布張りのソファや琥珀《こはく》色の書棚など、暗すぎないけれども落ち着いた雰囲気の調度品が置かれていた。

続き間が寝室だ。サリカは静かに木扉を開けて入る。

音を立てないようにしたのは、王子が目覚めないよう密かに接近するためだ。

背丈もサリカに近づきつつあるエルデリック王子だったが、寝顔はまだ幼い頃の面影を留めていて可愛いのだ。

寝台の上には、毛布を頭まで引きかぶった人影がある。近づいても身動きしない。最近は夜更かしすることが多いらしいので、まだ深く眠っているのだろう。

眠い目をこすりながら自分を見上げる顔を想像しつつ、サリカは毛布をめくろうと手を伸ばした。けれど毛布の端を持ち上げたところで、ぱっちりと開いている青い瞳と目が合う。

サリカは、予想外のことに驚いて「ひゃっ」と息を飲み込んだ。

「で、殿下、起きていらしたんですか⁉」

尋ねれば、もそもそと毛布から顔を出した金の髪の少年が、楽しげにうなずいた。

「私を驚かせようと思って、寝たふりしてましたね⁉」

バルタ王国の唯一の王子エルデリックは、嬉《うれ》しそうに微笑《ほほえ》む。

彼の女の子のように可愛らしい顔と『驚いた？　驚いた？』と聞きたがるような楽しげな表情に、サリカは笑うしかない。王子の悪戯《いたずら》も、サリカにとっては可愛らしいものの一つでしかないのだ。

「もう、本当びっくりしましたよ。でも起きていらっしゃるなら、着替えましょうか」

着替えは堂々とエルデリックに触れられる貴重な時間である。サリカはいそいそと今日の服を用意したのだが、エルデリックが微笑んで耳に手をあててみせる。

その合図に、サリカは一度目を閉じて『エルデリックに感覚を向け』た。その瞬間、脳裏に高めの少年の声が響く。

《僕一人でやるよ。サリカは隣で待ってて》

「え、だって殿下。お着替えはいつもお手伝いしてたのに!?」

ボタンをかけたり結んだり、王子に触れると喜んでいたのに、殿下に拒否られたのだ。心の中で絶望感に浸るサリカに、脳裏に響く声が追い打ちをかけてきた。

《今日から、自分でやりたいんだ》

穏やかな中にも決意をにじませる声に、サリカは身を引くことしかできなかった。

寝室から出たサリカは、居室の隅で壁にもたれ、うなだれた。

そこに、焦《こ》げ茶色の髪をくるくると巻いて橙色《だいだいいろ》のドレスを着た、サリカの同僚ティエリが入ってきた。彼女は隅に立っているサリカに気づくと「ひいっ！」と悲鳴を上げた。

「ちょっ、そんなところでうつむいてると、幽霊みたいじゃない！　驚かせないで！」

抗議したティエリだったが、全く反応しないサリカの様子に首をかしげた。

「ちょっと……どうかしたの？」

「殿下が……殿下が自分一人で、着替えたいって……」

悲しみに声が震えるサリカに、ティエリの視線が冷たくなった。

「あなたの変態思考がばれたんじゃないの？　こないだ周囲に聞こえそうな声で『殿下のちょっとだけ赤く染まった肘《ひじ》が可愛い！』とか叫んでたじゃない……っていうか」

　ティエリは腕を組んで息をつく。

「サリカって、ホントに王子の考えていることが分かるのねぇ。拒否られても勝手に好意的に思い込んでるだけで、殿下が仕方なく許してるのかと」

「え、今更!?」

　サリカが王子の女官になった理由を、ティエリは知っているのに。

　驚くサリカに、ティエリは「だって」と言う。

「察しが良いって聞いてても、王子があなたのこと可哀想に思って、譲ってあげてるだけなんじゃないかと疑いたくなるのよ」

「そ、そうなの？　わたしはちゃんと殿下の様子を確認してるんだけどな。あはは」

　サリカは曖昧《あいまい》に微笑む。自分が王子の女官になった理由は、王子の考えを『一番良く察することができるから』という建前になっているのだ。

　王の信任も篤いイレーシュ辺境伯の孫であるサリカだが、辺境伯の令嬢だったサリカの母が平民の商人と結婚したため、身分的には完全に『ど平民』である。

　本来ならば王子の女官に、サリカのような人間を使うことは滅多に無い。なのに国王直々《じきじき》に自分が選ばれたのは、エルデリックが『話せない子供』だったからだ。

赤ん坊の頃は、誰もそのことに気づかなかったらしい。泣き声が出せたからだ。けれど三歳になっても発語が無く、医者に診せても原因不明。そこで国王が、友人だったサリカの祖母に相談したのだ。

なぜならサリカ達一族は、人の心を操る特殊能力を持っていた。そのため、話せない相手の心の声も聞き取れるのだ。

サリカの祖母によって、ようやくエルデリックは『話せないだけ』ということが判明した。けれどそれでは生活に支障がでるので、補佐役として選ばれたのがサリカだった。

ちなみにこの秘密を知っているのは、国王の他、辺境伯家の人々などごく一部の者だけだ。なのでティエリはサリカが『察しが良い人』だとしか思っていない。

もちろん本当のことを話せるわけもない。

サリカが笑って誤魔化《ごまか》していると、エルデリックが寝室から現れた。銀の刺繍《ししゅう》がほどこされた膝《ひざ》までの裾長の衣や、内側の白のシャツなどがとても良く似合っている。

一方で、特に直す必要があるところもないので、理由をつけて触れることができない。サリカは嘆息した。

そこに、一人の騎士がエルデリックを訪ねてきた。

黒灰色の髪に地味な灰色の上着姿のサリカより年上の青年は、エルデリックの父親、フェレンツ国王に最近になって仕え始めた騎士ラーシュだ。

長めの前髪に、その間から見える伏せがちの灰色の目の、けだるそうな印象を受ける人である。年は二十歳を少し過ぎたくらいだろう。所作に野卑《やひ》なところがないので、おそらく良い家の出身だろうとサリカは思っている。

彼はフェレンツ王と共に礼拝をして朝食を摂《と》るエルデリックを、迎えに来たのだ。

エルデリックと付き添うティエリがラーシュに連れられて部屋を出て行くと、サリカは深いため息をつく。

まだ手伝いを断られたことが、心を重くしていたのだ。

ルデリックも年頃になって、急に着替えを見られるのが恥ずかしくなったのだろう。だかなことを言い出したのだと分かってはいても、寂しい。

「巣立ちを見送る親って、こんな悲しい気分になるのかな……」

つぶやきながらも、サリカは部屋の掃除に召使いを呼んだりと、エルデリックがいりがることを処理する。

かけた頃、召使いの女性から来客の知らせを受けた。

なんにせよステルという人物が、面会を求めているらしい。しかしエルデリックと関わそんな人はいなかったはずだ。

王宮には、正門近なければならない。サリカは客が待っているという場所へ向かった。

来客を最初に通す場所がある。

に入ると、臙脂色の布が張られたソファに座っていた、金髪碧《へき》
石…か、立ち上がってサリカを出迎えた。
眼《がん》のほっそりとし…を使うのはどうかと思うが、美人だ。
男性に対し…めきなど感じない。なのでさっさと要件を切り出す。
けれどサ…朝の拝殿とご朝食のお時間です。そのため女官であるわたしが代理とし
「エルがせ…は殿下にどのようなご用がおありでしょうか」
小さく一礼して言えば、なぜか青年は小さく笑った。
したかったのはエルデリック殿下ではありませんよ、女官殿」
カは『人違いか』と思った。先ほどの召使いが間違えたのだろう。
しました。部屋を間違えてしまったようです、申し訳ございません」
うとするサリカに、青年——ロアルドは言った。
りませんよ。私は貴方《あなた》に用があってここへ来たんです。エルデリック殿下の女
」
ャかに微笑む。目を奪われそうになるほど魅惑的な表情だったが、サリカに用が
いう意味が分からない。
「私は女官長ゾフィア・ヴィロックの紹介で、貴方にお会いしに参りました。ロアルド・ヴェ
ステルと申します」

「女官長様……ですか？」

「ええ、私にサリカさんとのお見合いを勧めて下さったのですよ」

サリカは目を見開いた。女官長はもうお見合い相手の手配をしたというのだ。

ロアルドは美しい所作で一礼してみせた。

「初めてお目にかかります。ゾフィア女官長より、貴方のお見合い相手として選ばれて幸運に思っております。想像以上に優しそうな方で、安心いたしました」

じっと見つめてくるロアルドに、サリカは背筋が寒くなる。

サリカは会いたくなかったし、紹介してほしくもなかったのだ。とにかく断らなければならない。でもどうやって……と思った時、サリカの頭の中にひらめいたのは、母から送られてきた巻物。その中に綴られていた文字だ。

『二　見合いを仕組まれた場合、なるべく相手の嫌がることをして幻滅させる』

これを実行すべく、一度こほんと咳払《せきばら》いして、思い切り冷たい表情を作ろうと無表情を心がける。

「えっと、お見合いのお相手だと仰るのなら、こんな風に突然訪ねて来るのは、いくらわたしが貴族ではないとはいえ、失礼すぎるのではありませんか？」

上から目線で素っ気無くされれば、プライドの高い貴族ならば不愉快になるはずだ。間違いなく『こんな女と結婚なんて！』と言ってくれるはずだとサリカは考えたのだ。

だがロアルドは、サリカの返答に表情も動かさない。

「ええ、これは正式なものではありません。ゾフィア女官長から、貴方が恥ずかしがって逃げてしまうかもしれないから、一度会って安心させて欲しいと言われたのですよ」

「………」

サリカは言葉に詰まった。

女官長の行動は正しい。予告が必要な『正式な見合いの場』であったなら、まずサリカは仮病を使ってでも出ない。ロアルドに会おうともしなかっただろう。だから女官長はこんな突撃企画を思いついたに違いない。敵はサリカよりもずっと上手だったようだ。

自分でも眉間《みけん》にしわが寄っていると分かるほど悩んでいると、ロアルドに言われた。

「……困っていらっしゃるようですね」

サリカは思わず彼を見上げる。

「本当は、お見合いなんてしたくない、と思っているのでは？」

「そうです……結婚するつもりは無いので」

尋ねてくれたからと、正直にその気が無いことを話した。

「貴方が結婚を嫌がっていることは、叔母であるゾフィア女官長から聞きました。もしかして、過去に男性が嫌いになるようなご経験でもなさったのですか？」

「えっと……」

男性が嫌なわけでは無い。でもどう答えたらいいのかとまごついている間に、ロアルドが側《そば》に近づいてきていた。

「側にいるのは嫌ではないのですよね？」

「ええ。男性に近づけもしないのなら、仕事ができませんから」

「では、これはどうですか」

あっさりと彼に手首を握られる。自然な動作に、サリカはついそれを許してしまった。

「男性恐怖症、というわけでは無いんですね。良かった」

手首を握って軽く持ちあげたロアルドは、邪気の無さそうな微笑みを浮かべている。それを確かめるためだけに手を握ったのかと思えば、サリカは怒る気が削《そ》がれてしまった。でも抗議はしなくては、と思ったが、さらに先制攻撃が来た。

「手を握られるだけでも、戸惑いましたか？　可愛いですね、サリカさん」

褒められてあっけにとられた間に、敵は畳みかけてくる。

「結婚を嫌がってると聞いて、これを心配しておりましたが……問題が無くて良かった。実は昨日、貴方の様子を遠くから拝見して、とても可愛らしい方だと思いました。ぜひ後日、正式な場でお会いしたいと願っておりますサリカさん。私の招きに応じて下さいますよね？」

「え!?」

可愛いとか、今まで言われたことが無いので驚いてしまう。

同時に、だからこそサリカはロアルドを警戒した。自分に対して褒め言葉があっさりと出てくるあたり、何か思惑《おもわく》があって嘘をついているのに違いないと断じた。

なにせ能力のことを知らないのなら、サリカを嫁にもらう利点などない。では何が原因か……と考えたサリカは、自分の血筋のことに思い至る。

サリカ自身は平民身分だが、祖父は辺境伯だ。そちらは能力を受け継がなかった母の兄一家が継ぐ予定だが、彼らが皆殺しにでもされたら伯爵位はサリカの元へやってくるだろう。それを目論《もくろ》んでいるのではないだろうか。

「美人でもないわたしがいいなんて、貴方は辺境伯家の親族を殺して乗っ取るつもりなんですか!?」

ついサリカがそう疑問を口にすると、ロアルドはぽかーんと口を半開きにして硬直した。けれどすぐに、皮肉気な笑みを浮かべる。その様子に、なぜか巨大な食虫花を連想したサリカは、ぞっとした。

次の瞬間、掴《つか》まれていた手を引かれ、サリカはロアルドに抱きしめられていた。

両腕ごと抱きしめられ、ロアルドの胸に頬を押しつけられる。

サリカは身動きがとれなくなった。逃げようとしてもがいたが、彼は筋骨隆々《きんこつりゅうりゅう》な人でもないのに、ふりほどけない。

「貴方の予想は外れですよ。それにしても楽しい発想をされる方なんですね。しかもご親族を心配して私を警戒するとは、優しい方ですね。ますます気に入りました、サリカさん」

「えっ、やだ、離して！」

「お見合いをする、と言って頂けたら離しますよ？」

それは嫌、とサリカは叫びたかった。お見合いの席などについたら、こんなことをする人のことだ、一気に婚約発表までされてしまうかもしれない。でも見知らぬ異性に抱きしめられるという状態に、慌《あわ》てていたサリカは反論しようにも言葉が出てこない。

いっそロアルドの心を操って、この部屋から出て行かせようかと考えた。でも力を使ってしまえば自分の秘密がバレて、家族を危機に陥《おとしい》れかねない。

だってサリカの力は、家族の中で一番小さい。使うまでに時間がかかったり、その間に相手に気取《けど》られることも多くて使い勝手が悪いのだ。

せっぱつまったサリカは、心の中で『誰か助けて！』と絶叫した。

助けてくれるなら誰でもいい、奇跡が起こらないかと願ったものの、そんな都合のいいことが起こるわけがない。諦めて、礼儀作法を無視してロアルドの足を踏みつけようとしかけた時。

突然、部屋の扉が開かれた。

まさか本当に助けが来た!?　と思いながら振り返ったサリカは、そこにいた意外な人物の姿に目を瞬《またた》いた。

「ラーシュ、様……？」

黒灰の髪の、けだるそうな表情をした国王の騎士ラーシュだった。

しかし彼は扉を開いたものの、何も言わない。ロアルドに抱きしめられたままのサリカを、じっと見つめている。

むしろこんな姿を見られているサリカの方が恥ずかしくなって、どこかに隠れたくなった。

一方のラーシュは立ち去りもしない。その様子に焦《じ》れたのか、ロアルドが口火を切った。

「君、部屋を間違えたのではないかな？」

言外に、早く立ち去れという意味を含ませたロアルドの言葉と、恋人同士の逢引《あいびき》を覗《のぞ》かれたと言わんばかりの態度に、サリカは絶叫したくなる。

（ぎゃー！　騙《だま》されないで置いてかないで！　お、おおおお願い、連れ出して！）

とっさに視線で懇願したサリカと目が合ったラーシュは、淡々と彼女に告げてきた。

「殿下がお呼びでしたよ、女官殿。それを伝えるために貴方を探していました」

「で、殿下のお呼びならば行かなくては！　離して下さい」

ロアルドも渋々といった様子で解放してくれた。第三者が王子の命令で呼びに来た以上、ごねることはできないと判断したのだろう。

「それではごきげんようロアルド様。もう二度と会いに来ないで下さいますよう」

部屋を飛び出したサリカは、行き先を案内するというラーシュと共に廊下を歩き出す。

一刻も早くあのロアルドから遠ざかりたかったサリカは、足の速いラーシュに合わせて、ほ

とんど駆け足で王宮内を進んだ。そのせいで王子の部屋にたどり着いた時には、少し息が上がっていた。

「それでは」

息が乱れた様子も無いラーシュは、王子の部屋の前であっさりと立ち去ってしまう。

「あ、ありがとうございましたー！」

素っ気ない恩人は、サリカの礼の言葉にも振り返らず、曲がり角の向こうに姿を消した。

後で何か御礼でも用意しなければと思いながら、サリカは急いで王子の部屋に入った。そうして部屋に戻っていたエルデリックに用を尋ねたのだが……否定されてしまう。

《僕、呼んでないよ？》

でも確かにラーシュは言ったのだ。殿下が呼んでいる、と。

なら、どうして彼はサリカを連れ出してくれたのだろう。助けを求める声が聞こえなければ、あんな乱暴な開け方はしないだろうに。

不思議すぎて、首をかしげるしかなかった。

◇◇◇

その一時間後、サリカは書庫へ向かっていた。

エルデリックの次の授業に使うため、国内の詳細地図を取りに行くのだ。書庫は来客用の棟から遠い場所だし、ロアルドと会うこともあるまい。

サリカが歩きながら考えていたのは、次にロアルドがやってきた時、どう断るかだ。

「お母さんの書いた七ヶ条の三つ目もだめだったし……。四番は、お見合いの席に連行された場合の方法だよね。万が一に備えて、今のうちからロアルドって人を好きな女の子を探しておいた方がいいかな。で、お見合いを受けるふりをして身代わりにその女の子を突入させてみる？　その間にお見合い相手はその女の子なのよって、言いふらすとか？」

だんだんと黒い思考に傾きかけていたサリカは、自分の考えに没頭しすぎていた。

さらには誰も通りかからない、書庫への近道に使う庭の木立の中にいて、木のざわめきで音が聞こえにくいのも悪かった。

だから気づかなかった。物陰から、自分の背後に移動した者がいたことに。

異常を察したのは、剣を鞘走《さやばし》らせる金属音のおかげだ。

振り返ったサリカが見たのは、すぐ側で剣を振り上げる兵士の姿だった。

「――――！」

声を上げることもできないほど驚きながら、サリカはとっさに横に避《よ》けた。けれど足が上手く動かなくて走れない。ほんの数歩だけ離れ、一撃をかわすのがやっとだった。

砂色のフードとマントに鎖帷子《くさりかたびら》の上から緑地の胴衣を着た兵士は、再び剣を振り下ろす。

次もなんとか避けた。

頭巾《ずきん》を被《かぶ》った兵士は、口元も布で覆《おお》っているため、その表情は分からない。ただ通りかかった見知らぬ娘を襲おうとしただけなのか、それともサリカを狙ったものなのかも判別しにくい。

それでも確かなことが一つある。

このままでは、兵士に斬り殺されてしまうだろう。

自分の死が現実味を帯びて感じられて、頭から血の気が引いた。

「たっ、たすけ……」

叫ぼうにも恐怖のせいで声がかすれる。これでは助けも呼べない。

サリカは最終手段を講じた。目を閉じ、精神世界へと自分の心を繋《つな》げる。

精神世界は、暗い闇夜の中に人の心だけが星のように瞬く光景が広がっている。

一度繋がれば、今度は目を開いても精神世界が現実と二重写しに見えた。

サリカは、自分が認識できる範囲の他者の心に呼びかけた。

《不快な音が聞こえると、錯覚しなさい》

瞬間、兵士が耳を塞《ふさ》いだ。驚いたように周囲を見回す彼には、幻聴が聞こえているはず。それは兵士の心に直接聞こえている音だ。

幻聴に耳を塞いでうろたえている兵士から、サリカはじりじりと離れた。

同時に、兵士の心に繋がりを作ろうとする。直接兵士の心に眠るよう囁《ささや》き、昏倒《こんとう》させた上で縛り上げて捕まえるつもりだった。

けれど上手くいかない。いつもこの力で会話をするエルデリックなら、慣れているのですぐに心を繋げることができるのに。焦《あせ》ったせいなのか、今度はサリカの精神世界への繋がりも希薄になりかけた。

幻の金属音に戸惑っていた兵士は、サリカの能力が緩んだせいで我に返ったようだ。

木を二つほど隔てて離れていたサリカへ向かって、警戒しながらも歩いてくる。

サリカはもう一度幻聴を聞かせようとしたが、これも失敗してしまう。

振り下ろされる剣の切っ先を避けて転んだサリカは、きつく目を閉じて心の中で叫ぶ。

《誰か、この兵士を倒して！》

と同時に、何かが頭上から降ってきた。

反射的に目を開けたサリカの目の前に、人が着地したところだった。

「え……」

灰色の上衣。黒灰色の髪。ラーシュだ。

彼は着地する前から抜いていた剣で、サリカに襲いかかろうとした兵士の剣をはじき、返す刃で上腕を切り裂く。

「……っ」

血が飛び散る様に、サリカは思わず身をすくめる。けれど致命傷ではなかったようだ。痛みに叫ぶ兵士を、ラーシュは殴りつけて気絶させた。

サリカは振り返った彼の灰色の瞳に息を詰めた。その視線がなぜか怖い。

ラーシュはゆっくりとサリカに近づき――

「お命じの通り、敵を倒しました。我が主よ」

唐突に、サリカの前に膝をついたのだ。

「ど、どういうこと!?」

主というのは、自分に向けて言っているのだろうか。でも、平民なサリカに向けられるはずもない呼称だし、なぜそんなことをラーシュが言うのか理解できなかった。

思わずサリカが叫んだことで、ラーシュがはっとしたように瞬く。膝をついた自分の状況と目の前で地面に座り込んでるサリカを見た彼は、小さくため息をついた。

「……ああ、そういうことか」

立ち上がったラーシュは、苛《いら》ついたように渋面《じゅうめん》になって両腕を組む。そのまま何か考えているように無言になってしまい、今のが何だったのかを説明してくれる様子はない。

「自分一人で納得してないで、一体どういうことなのか教えてくれません?」

焦れて尋ねたサリカに、ラーシュは心底嫌そうな顔をした。

「俺の方も聞きたい、お前は何だ?」

聞き返されたサリカは面食らう。さらにラーシュは、変なことを尋ねてきた。

「お前は……賢者の系譜の人間か？」

「は、賢者？」

どこかで聞いたことのある単語のような気がしたが、思い出せない。

「バルタ王国で賢者と言っても分からないか。なら……死神と言えばどうだ？」

「し、しにが……」

サリカは思わず周囲を見回してしまう。気絶してしまった男以外には誰も居ない。

そこでほっとして、なぜ彼がそんなことを知っているのかと見上げれば、ラーシュの表情はますます渋くなっていく。

「心当たりがあるようだな」

「え？　あ、あああぁぁあ！」

そう言われて、サリカは自分が言い訳のしようもない行動をとっていたことに気づいた。人目を気にするなど、知っていると言っているようなものだ。

土に埋まって身を隠してしまいたくなったが、ふとサリカは思いつく。自分の能力で記憶消去もできると聞いたのだが、本当だろうか、と。

じっとラーシュを見ていると、相手も嫌な予感がしたのだろう。

「……俺の記憶は変えられないぞ？」

「ちょっ、なんでそんなことまで知ってるの⁉」

驚いたサリカの口調から、敬語が吹き飛んだ。

なにせその発想が出てくるのなら、サリカ達一族が『記憶を変えられる』能力を持っていると知っていなければならないからだ。死神の噂を知っているだけの人ではありえない。

けれどラーシュは、すぐには理由を教えてくれなかった。

「お前はこの後時間があるのか？　いや、作ってもらわなければならんが」

「少しの間なら大丈夫だとは思うけど……」

「ならば、陛下の元へ行け」

どうやらラーシュがサリカのことを言い当てた件に、フェレンツ王が関わっているらしい。

サリカは少し安心する。フェレンツ王が関わっているのなら、大丈夫だ。

「これは俺が始末しておく。先に行ってろ」

言うと、ラーシュが気を失った不届き者の足を掴み、引きずって歩き始める。

サリカはフェレンツ王の元へ向かって歩き出しながら、お見合いとは別に、何かの事件に巻き込まれてしまったのではないかという予感がしたのだった。

二章　お見合いとは我慢大会である

フェレンツ王の部屋の近くで待っていると、やや遅れてラーシュがやってきた。

彼はサリカにあごで『ついてこい』と促《うなが》し、フェレンツ王の部屋の扉を叩《たた》いた。

すぐに中から扉が開かれ、部屋に入ったとたんにラーシュは国王に願った。

「国王陛下。この女官に関することで、少しお話がございます。お人払いを」

今年五十歳になるフェレンツ王は、口元のしわですら大人の魅力として感じられる壮年の男性だ。目の色はエルデリックと同じ色だが、金の髪はその半分が白くなっている。

穏やかな表情でラーシュにうなずいたフェレンツ王は、侍従に命じた。

「いいだろう、少し外してくれるかな？」

扉を開けた侍従は、一礼して部屋を出ていく。

三人だけになったところで、フェレンツ王がサリカを見て目を細めた。

「こうして会うのは久しぶりだねサリカ。何か面倒ごとが起きたのだろう？」

威厳というよりは包容力を感じさせるフェレンツ王は、まるで親戚の子供にするように、サリカに話しかけてくれた。

祖母の代から付き合いがあるフェレンツ王は、実はサリカの家にお忍びで来たこともある。そのためサリカにとって、親戚のように思う存在だ。秘密の能力のことも知っていて、配慮をしてくれている。

「でも君が彼女を連れてきたということは、例の件に関わることだろう？　ラーシュ」

例の件？　とサリカは心の中で反芻《はんすう》する。

「そう仰るのですから、陛下はこの女官が持っている能力のことも知っているのですね？　そして分かっていながら俺に教えなかった、と」

ラーシュの表情は仕えている王に対するものにしては、やけに厳しい。

しかしフェレンツ王はそれを気にもしない。

「私は、君を別な人に引き合わせるつもりだったからね」

「ちょっと待って下さい。お二人はなんだか意思疎通《そつう》ができてるみたいですけど、わたしは何がなんだか分からないんですが。説明して下さいませんか？」

二人の間だけで進む会話の中にサリカは飛び込む。すると、ようやくフェレンツ王がサリカに向き直ってくれる。

「それもそうだね。でもまずは、君たちに何があったか話してくれるかい？」

言われたサリカは説明した。突然襲撃されたこと。助けてくれたのがラーシュだったが、彼がサリカを「主」と呼んだことを。

　最後まで聞いたフェレンツ王は、少し困ったような顔をして呻《うめ》く。それからサリカの謎に答える前にと、ラーシュ側からも報告させた。

「その女官の話よりも少し前にも、報告すべきことがありました。朝の拝殿の後、俺は助けを呼ぶ声が聞こえました。ちょうど通りかかった来客用の控《ひか》えの間からだったので、緊急事態かと部屋の扉を開けたら、その女官が男に迫られていまして……」

　ラーシュもあれを目撃したことが、後ろめたかったのだろう。言いにくそうだった。

「迫られたってどうして？」

　フェレンツ王は、サリカが結婚したくないことを知っている。男性に目をつけられないよう、地味な格好をしていることもだ。それなのにどうしてと思ったのだろう。

　サリカはしどろもどろに説明した。

「その……先日、女官長がわたしにお見合い相手を紹介すると言い出したんです。で、来客だと言って相手と会うように仕向けてきまして。その相手が……なんだか強引な人で」

「女官長の悪い癖が再発したのか」

　フェレンツ王も女官長のお見合い好きは知っているので、苦笑いしていた。

　そしてラーシュが報告を続ける。

「嫌がっているようでしたので、適当な用を口にして離れさせました。それで終わったかと思ったのですが、今度は鍛錬所《たんれんじょ》へ向かって歩いている時に、悲鳴が聞こえまして……」

「え、鍛錬所？」

サリカは目を瞬《またた》いた。

鍛錬所は、王宮の裏手に位置する北側にある。そこはサリカが襲撃された、王宮西側からは離れていて、とてもサリカの声が届くような場所ではない。

サリカの驚きを無視するように、ラーシュはフェレンツ王に報告を続ける。

「その後意識が混濁しまして」

「……なるほど」

フェレンツ王はそのラーシュの説明で何かを納得したようだ。

「俺はぞっとしました。またか、と思ったので。けれど体は声が聞こえる方向へ勝手に走っていくので……間違いないと分かりました」

「勝手に走っていく？」

反芻するサリカを、ラーシュは嫌そうに見た。

「お前の声のせいだ王子の女官殿」

最後に『殿』とつけてはいるけれども、とても嫌そうに答えられた。

しかしサリカはむっとするよりも、自分の『声』のせいだと言われた方に驚く。

「え、でも声って……」

そこでふと思い出したのは、へりくだっていた状態の時のラーシュの言葉だ。

──お命じの通り、敵を倒しました。我が主よ。

驚きのあまり忘れていたが、確かその前、自分は精神世界に接続真っ最中のまま『誰か、この兵士を倒して！』と思っていなかっただろうか？　原因に思い当たったサリカは、愕然《がくぜん》とする。

「まさか、わたしの能力を使ってる時の声が……聞こえてたの？」

疑問の半分が解けた。サリカの声が聞こえるから、あのタイミングで駆けつけることができたのだ。

でも能力を使っている時の声を聞き取れる者は、同族しかいないはずだ。

「貴方《あなた》もしかして、わたしの遠い親戚？」

「俺は違う。ただ、死神の力を持つ者が『精神に干渉する声』を聞き取れるだけだ。そのせいで……あんなことをさせられるようになるわけで……」

ラーシュは最後を濁してしまう。彼の話だけでは説明が足りない。サリカは詳細《しょうさい》を求めてフェレンツ王に視線を向けた。

「彼はね、君たちのような能力を持つ人の声に、かなり影響される……というか、服従してしまう性質を持ってるんだよ」

「ふ、服従……？」

なぜ無意識に服従してしまうのか。その理由は不明だという。

とはいえサリカは命令した覚えが無い。あの時のラーシュは、サリカの発言を聞いた従者が勝手に意に添うように行動したような感じだった。

もっと言うなら、主人を崇拝する下僕みたいだと思っていた。

「彼は子供の時からこうだったと聞いている。その性質のせいで、ある国から預かった」

「他国から預かるってことは……」

この言葉だけで読み取れることは二つだ。

ラーシュの故郷には、どうやらサリカと同じ能力を持つ人間がいること。そして……。

「てことは、わたしと同じ能力を持つ人間に下僕扱いされて、そこから逃げてきたと？」

「げぼっ……！」

つい口に出してしまった身も蓋《ふた》もないサリカの言葉に、ラーシュが立ち上がって抗議しようとし、けれど彼の怒気は途中で立ち消えた。おそらく図星すぎて怒りよりショックが強すぎたのだろう。

「サリカ、心の傷をえぐらなくても……」

「す、すみません陛下」

フェレンツ王に謝るサリカに、ラーシュがため息混じりに言う。

「謝るべき相手は俺だろうが」

サリカはラーシュの言葉を聞かなかったふりをした。

「ところで、私も詳《くわ》しくは追及したことが無かったけれど、服従ってどれくらいの程度なんだい？　全く抵抗できないとは聞いたけれど」

フェレンツ王は事情を知っていたようだが、その状態は確認していないらしい。

「陛下、お祖母ちゃんに見てもらわなかったんですか？」

「まだなんだよ。ほんの少し前に、その国の王がどんな難題を飲んででも、と頼み込んで彼を預けていったばかりでね。彼の方も異国で暮らすことに慣れてから、と思っていたんだ」

フェレンツ王の話に、サリカは驚く。言葉と態度は悪くても、立ち居振る舞いが綺麗《きれい》だとは思っていたが、ラーシュは他国の王の関係者だったようだ。

「その件については感謝してもしきれません、陛下。故国にいては見えなかった光明を差し出して下さった貴方には、いつかご恩を返したいと思っております」

ラーシュがフェレンツ王に一礼した。

「事情を追及することのなかった陛下のお気遣いは、大変ありがたく思っております。けれど状況を把握できなければ、陛下も判断し難いのではと思いますが、どうされますか」

「確かに判断材料として、見ておきたいとは思うけれど……辛《つら》くないかい？」

フェレンツ王の慮《おもんぱか》る言葉に、ラーシュはいたく感激したようだ。

「万が一の場合にそなえて、陛下は知っておくべきかと。それに陛下がまがりなりにもこの女官の能力を知りながら王宮に置いていること、実際に問題を起こしていない様子を見る限り、陛下がこの女官に無体《むたい》な真似はさせないだろうと思いますので」

ラーシュはまっすぐにフェレンツ王を見上げる。彼のそんな覚悟を見て、フェレンツ王も許可を出した。

「こういうわけで、彼に何か簡単な命令をして見せてくれないかな？　サリカ」

「陛下がそう仰るのなら」

サリカはうなずく。

正直気は進まない。自分の危機でも無い限り、力で人を従わせてはならない、と母や祖母に言われて育ったサリカだ。

実演するためだけに、誰かを従わせるのは嫌だ。たとえ仲が良くない人であっても、他人に見せられないほど恥ずかしい姿をさらさせるのは、忍びない。

「うう、やだな……」

「俺だって気分はよくない。だが陛下に状況を知らせる必要がある。さっさとしろ」

渋るサリカはラーシュに叱《しか》られ、嫌々ながらも実行することにした。

そのために一度目を閉じる。まだ未熟なサリカは、そうしないと精神世界に心を繋《つな》げられないのだ。

精神を繋げた別世界から、ラーシュの心に自分の能力による見えない手を伸ばす。落ち着いて作業ができるせいか、襲撃された時にはできなかったのに、今度は上手くいった。

ラーシュの心であることは間違いない。触れると『遅いぞ、早くしろ』と思ってるのが分かったからだ。

そこでサリカは目を開け、ラーシュに命じる。

《跪《ひざまず》きなさい》

とたん、ラーシュの顔から表情が抜け落ちた。そして彼は、さっとその場に膝《ひざ》をついた。

あっさりと従う姿は気味が悪くて、サリカの力はすぐに途切れる。

ラーシュが自分の意識をとり戻し、跪かされた自分に気づいて悔しそうな表情をした。それを見てしまったサリカは、罪悪感で思わず目をそらしてしまう。

「そんな顔しないで下さい。私だってやりたくなかったし、他人に意味なく跪かれるなんて気持ち悪いんですから」

「人を床に這《は》いつくばらせておいて、気持ち悪いだと!?」

「這いつくばらせてないでしょう！　這いつくばるっていうのはこっちでしょ!?」

むっとしたサリカはつい『能力』を使ってしまう。

ラーシュの心と繋がるのは二度目なので、あっさりと彼の心を捕まえて命令した。

《伏せ！》

次の瞬間、ラーシュは床に手をついて額《ぬか》ずくことになった。

跪かれるよりも強烈に気持ち悪いと思ったサリカは、すぐに力を解除する。

「貴様……」

起き上がって膝立ちになったラーシュの目が凶悪な感じに吊り上がっていた。背筋が寒くなりながら、サリカは視線をそらしつつ謝りの言葉を絞り出す。

「あの、なんかごめん……」

見た瞬間、サリカも『やりすぎた』と思ったのだ。けれど売り言葉に買い言葉で、ついやり返してしまった。一方ラーシュの怒りは治まらないようだ。

「お前は嗜虐《しぎゃく》趣味でもあるのか？　本当に人を這いつくばらせる奴がいるか！」

「謝ったじゃない！　でも……這いつくばる人なんて別に見たくもないし、やっぱり気持ち悪かった……」

「くっ。あんな真似をさせておいて、またしても気持ち悪いだと⁉」

ラーシュはそう怒るが、ではなんと言えばいいのかとサリカは困惑する。

「じゃあ……えっと、大変美しい這いつくばり方でした？」

「お前ふざけてるのか⁉」

ラーシュと言い合いになってしまったサリカが、自分とラーシュは恐ろしく相性が悪いんじゃないのかと思い始めた頃、

「あのね、サリカ……」

後ろから済まなさそうに声を掛けられ、サリカはフェレンツ王の存在を思い出す。

「え、わ、わわっ！　すみません陛下！」

慌《あわ》てて謝るサリカに、ラーシュが立ち上がり、恨みがましく言った。

「ホントにお前は、その殊勝《しゅしょう》な態度を俺にも示すべきじゃないのか？」

サリカも、ちょっとだけそうかもしれないとは思った。けれど度々言い争いになるせいだろう。どうも素直にラーシュには謝れない。

そんな二人に、フェレンツ王がとんでもないことを言い出した。

「とりあえず、お互いのことがこれで分かったのだし、ちょうどいいからサリカの護衛にしばらくラーシュを付けよう。サリカが殺されるのは私が困るし、何かの拍子にその能力が露見して囚《とら》われてしまったら、ラーシュも困ることになる。二人ともいいね？」

「えっ⁉」

サリカは思わずフェレンツ王を見上げた。

こんなに相性が悪そうな人を、サリカに付けるのは止《よ》した方がいいのではないか。サリカが疲れ果てるより先に、ラーシュの胃に穴が開きそうな気がしたのだ。

襲撃への対策はさておき、そうフェレンツ王に進言した。だがフェレンツ王は、それを受け入れてはくれなかった。

「サリカ、君は自分の状況が分かっているのかい？」

柔らかな声音に厳しい響きをひそませ、フェレンツ王はサリカに言った。

「君は襲撃された。平民の、王子の女官でしかない君の命を狙ってきた以上、これは君の能力に関係しているとしか思えない」

サリカはうつむいた。フェレンツ王の言うことは正しい。本来ならばサリカは殺そうとする必要は無い存在なのだから。

「こうして目をつけられた以上、故郷に君を戻しても刺客が追いかけて行くだけだろう。君の母上は稀有《けう》な方だが、それでも四六時中君を守るわけにはいかない。とはいっても、護衛役まで君の故郷に連れて行かせるのは不自然すぎる。それに今の様子を見ても、ラーシュが最適なのは理解できるだろう？　呼べばどこにいても駆けつける護衛など、他にいない」

常に張り付いてもらわなくてもいいし、さらわれたってすぐ探し出してもらえるのだ……サリカに呼ぶ気があれば。

でもラーシュは受けてくれるだろうか。

ちらりと横目で見れば、仕方ありませんねとラーシュが応じたところだった。

「彼女が襲撃されて力を使えば、その度に俺は呼ばれてしまいますし。それなら最初から護衛をしていた方が楽でしょう」

諦《あきら》めの交じる声に、迷惑なら断ってくれないか、とサリカは拗《す》ねた気分になる。

「でも、ラーシュさんがずっと女官のわたしにつき添うわけにも……陛下の騎士が一女官と頻《ひん》繁《ぱん》に一緒にいるのは問題があるような……」

「ラーシュをエルデリックの側《そば》につける。それなら君と行動を共にすることも多くなるから、不自然さは抑えられるだろう？」

「う……確かに」

フェレンツ王の言葉に、サリカは反論の言葉が見つからない。

「ラーシュを君の護衛にしたくないというなら、別な方法をとらなくてはならないよ、サリカ。今この時から君を私の側に置くようにする。そのためには、愛人とでも侍従長達に説明するしかないけれどね。女官のままでは君を四六時中守ってやれない。常に誰かを貼り付ける理由を作るためには、それが一番手っ取り早いから」

「それでは、陛下がお祖母ちゃんに怒られてしまいます」

「君のお祖母様も、襲撃のことを聞けば理解してくれるだろう。偽装だしね。女官長のお見合いの件も片付く。私としても、君が適当な者と娶《めあわ》せられてはかなわないんだ。それこそ君のお祖母様に怒られるだろう」

そう言って、フェレンツ王はじっとサリカの目を見つめてくる。

応じるのか。否か。

フェレンツ王の視線が、あまりに強すぎるような気がして、サリカは思わず王の顎《あご》のあたりに目をそらす。それを追いかけるようにフェレンツ王は念押しした。

「私は君を失いたくないんだよ、サリカ。そして君のような能力者が利用されては、国としても大きな損失になる。このまま、というのだけは許可できない」

フェレンツ王は心底サリカを心配してくれているのだ。そんなフェレンツ王に、苦労を背負わせるわけにはいかない。

諦めたサリカは、がっくりと肩を落として答えた。

「分かりました。ラーシュさんにお願いします」

◇◇◇

「聞いて下さい殿下ー！」

話し合いが終わると、サリカはラーシュを連れてエルデリックの私室へ戻った。

勉強の時間を終えて戻ってきていたエルデリックは、持っていた茶器をテーブルに置いてサリカに向かい合ってくれる。

《うん聞くよサリカ。今日書庫に資料を取りに行ったはずなのに、別な人が持ってきたから、サリカはどうしたのかなと思ってた》

ちょうど部屋の中には、ティエリなど他の女官がいなかった。なのでサリカは、今日の出来事をエルデリックに報告した。エルデリックを心配させたくなかったが、ラーシュが関係する以上秘密にはできないので、襲撃されたことも、お見合い相手と会ったことも話す。

《お見合い、そんなに嫌な人だったの？》

「信用できません。わたしみたいな特別に容姿が秀でているわけでもない女に好意を持つ男性なんて、陛下と殿下と親族以外は皆不審人物です」

きっぱりと言い切るサリカに、エルデリックは少し困った顔をする。

《襲撃の方は大丈夫だったの？　怪我《けが》は？》

「大丈夫ですよー。ほらぴんぴんしてますからご心配なく！」

心配してくれるエルデリックの前で、サリカは腕をぶんぶんと回してみせる。近くにいたラーシュにサリカの腕が当たりそうになり、彼は顔をしかめて離れた。

エルデリックはほっとしたように微笑《ほほえ》みながらサリカに頼んでくる。

《とりあえず、ラーシュに伝えてくれる？　これからサリカのことをよろしくって》

「承知いたしました殿下」

エルデリックの言葉を聞き、サリカはラーシュに向き直る。

「えっと、殿下からのお言葉で『サリカをよろしく』だそうです」

その言葉を聞いたラーシュは、エルデリックの前に膝をついた。

「国王陛下の命により、これより王子殿下にお仕えさせて頂くことになりました、ラーシュ・クロアです。女官殿の護衛を命じられましたが、そのため殿下の護衛として衛兵や他の騎士と連携をとることが難しいと思われます。申し訳ございませんが、女官殿の側にいる理由を作って頂けるようお願いいたします」

挨拶《あいさつ》の口上に、ラーシュは事務的な用件も添えた。

エルデリックはしばらく考え、身振りでラーシュに手のひらを差し出すように指示した。そうして目の前に開かれたラーシュの手のひらに、指先で文字を綴《つづ》る。

《なら、一つ提案があるんだ》

「提案……ですか？」

ラーシュが困惑し、サリカも首をかしげる。

《お気に入りのサリカがお見合いをさせられると聞いた僕が、自分が選びたいと我《わ》が儘《まま》を言って、父上の騎士だった君を引き合わせようとしてる、ってことにするのはどうかな？》

「え⁉」

《それなら、毎日サリカとラーシュが一緒にいられるような指示を出しても、不自然じゃないよね？》

文字から内容を読み取らなくて良い分、サリカの反応の方が早かった。

「ででで、殿下、なぜわたしがこの人と引き合わされることになるんですか！」

「なぜです⁉　それなら、せめて別な理由を俺に考えさせて下さい！」

続けてラーシュも抗議し、サリカとラーシュは思わずお互いの顔を見てしまう。

二人の顔には明らかに『お前と噂《うわさ》を立てられるのは御免こうむりたい』と書かれていた。

エルデリックは困った表情になる。

《二人は僕の思惑を知らなくてもいいんだよ。ティエリやハウファから、周りに広めてもらうから。それなら毎日一緒にいても、喧嘩《けんか》をしていても問題はないだろう？　それに僕が矢面に立てば、女官長もお見合いを強引には勧められないいんじゃないかなって》

「殿下……」

サリカは涙ぐむ。

聞いた直後は『私の大切な王子様が、女官長の生息するやり手婆《ばばあ》界に参入しようとしてる！』と背筋がぞっとしたものだったが、自分を悪者にしてまで仕えている女官を助けようとしてくれただけなのだ。

《サリカ、分かってくれるよね？》

エルデリックが側に立つサリカの腕に触れる。

《母上みたいに居なくなってしまっては嫌だよ。だから守ってくれる人を側に置いて？》

「うっ……」

それを言われると、もうサリカは抵抗できなかった。

「すみません殿下。わたしが思い違いをしておりました。こんなにもわたしのことを考えてくれた提案を嫌がったわたしが愚《おろ》かでした……殿下、一生ついていきます！」

サリカがそう答えると、エルデリックは嬉《うれ》しそうに微笑んだ。天使のような笑顔に、サリカも釣られて微笑んでしまう。

「おい、俺の意見は……聞く気はないようだな、二人とも」

後ろでラーシュが何かつぶやいていたが、どちらにせよ彼はフェレンツ王の命令とエルデリックの命令には逆らえない。

それにラーシュが『自主的にサリカとくっつこうとしてる』わけではない。彼の名誉にも傷はつかないだろうし、問題が解決したなら離れても問題は無いはずだ。

やがてラーシュは諦めたらしく、深いため息が聞こえてきたのだった。

◇◇◇

（この主従はなんなんだ……）

ラーシュは眉をひそめてしまう。

サリカに自分を甘やかせたままにしている王子は、もう十二歳だ。

軍事衝突が度々ある国の王子で、剣術訓練も馬術訓練も受けているのだから、そろそろ男らしさに憧れ、婦女子に幼い子のように可愛がられることを嫌がる年頃のはずだ。

しかも、王子のサリカの腕や頬への触れ方も変だ。彼女の手の甲に、自分の頬をよせる王子の姿に、サリカは何も考えずに喜んでいるが、とても子供のように無邪気なものには見えなかった。

サリカを見つめていたエルデリックが、ふとラーシュの方を見た。

目を細めてうっすらと微笑む様からは、ラーシュに「気づいているんだろう?」と問いかけているように見える。

言葉を話せないせいか、大人しく従順に見えていた王子は、変人な女官よりもさらに得体の知れない恐ろしさを感じさせる人物だった。

でもこの王子は、自分の女官から本質を隠してどうするつもりなのだろう。

人の心の裏を考えてしまうラーシュは、頭の中身がめでたいくせに恐ろしい能力を持つ女官より、王子の方に微妙に警戒感を抱きながら、部屋を出た。

そしてラーシュはフェレンツ王の元へ行く。

王子への挨拶を済ませたことを報告したラーシュは、人払いを頼んでから、執務机に座るフェレンツ王の前に立ち、エルデリックの計画について話した。

「なるほどね。子供の我が儘、というふりをするのか。エルデリックもなかなか……」

話を聞いたフェレンツ王は楽しげに笑う。砂の城を作る子供の姿を暖かく見守るような表情で、だ。

ラーシュはそんな可愛いものか? と思う。

一方ひとしきり笑ったフェレンツ王は、問いかけてきた。

「それで、君はどう思った？」

「どう、とは？」

「君を支配できる人間は、我がバルタ王国に三人いる」

サリカ、サリカの母親、サリカの祖母のことだ。

「三人とも様々な理由から、君の意志を無視して支配することはないだろう。君の安全を私が保証できるのは、彼女達三人の心映《ば》えを私がよく知っているからだ。彼女達なら、君の国……ステフェンスの王から秘密を聞きだした者が君を操ろうとしても、退ける力を貸してくれるよ」

そこでフェレンツ王は一度息をつく。

「だから、君が彼女のことを苦手だと思うのなら、誤解を解ければと思ってね。サリカも私にとっては大事な預かり物だ。彼女の祖父母は親友だからね。何より息子が母親のようになついている。守りたくても、人の力では限界があるから君が協力してくれるのなら嬉しい。それにどうせなら君に、この状況を利用して欲しいんだよ」

利用するという言葉に、ラーシュは目を瞬いた。

「どういう意味ですか？」

「君はステフェンスに対する人質だ。だけどその役目は、守られた場所で幸せに暮らすこと。そのためにステフェンス王は君を私に預け、戦争をしないという密約も結んだ」

フェレンツ王は微笑んで付け加える。

「彼女の側にいれば、まぁ予想外のことはいろいろ起こるだろう。けれどもサリカは決して、君に迷惑をかけないようにしてくれる。それを実感できれば、君の過去の傷も少しは薄まって、今まで以上に幸せに暮らせるのではないかと思っているんだ」

言われた内容に、ラーシュは困惑した。

「陛下は……」

「ん、何かな?」

「なぜ、元は敵国の人間である俺に、そうまで気を遣ってくれるんでしょうか?」

フェレンツ王がまだ王子だった頃、バルタとステフェンスは大きな戦争をしている。王になった後でも、小競《こぜ》り合《あ》いがあった。

そんな経緯がありながら、ラーシュの伯父はバルタに頭を下げてでもラーシュを救おうとしてくれた。伯父の行動は、親族だからだと理解できる。けれどフェレンツ王が、こうまでラーシュに肩入れする理由はないはずだ。

尋ねられたフェレンツ王は、目を細めて答えた。

「昔ね、自分の意思を曲げられて、嫌がることを強制されていた男がいた。私の友人は唯一の家族だった彼を、救いたいと必死になっていたんだが……結局友人は彼を助けられなかった。その時の悲嘆に暮れる姿を思い出すとね、大事な家族を守りたい人に、否と言う気にはなれなくなるんだよ。

まぁ、渇水で苦しむ村を見つけたら、井戸を掘ってやりたいと思うだろう？　誰だって喉が渇けば辛いのは知っているんだから。私が君にしているのは、そういうことだと思ってくれればいいよ」

フェレンツ王のたとえ話は、ラーシュにはよく分からなかった。

同情と守れるか分からない約束だけで、ここまでラーシュのことを気遣えるものなのかという疑問は心の底に残る。

自分が疑い深いだけなのかもしれないが。

ただフェレンツ王やエルデリック王子はともかく、あのどこか抜けているサリカという女官は、とても人を騙《だま》せるようには見えない。それだけは安心してもいいかもしれない、と考えたのだった。

◇◇◇

翌朝、目覚めたサリカは、ぼんやりと天井を見上げながら考えていた。

問題が二つに増えるとは思わなかった。

お見合いだけでも頭が痛いのに、よもや暗殺までされそうになるとは。

せめて心を強く持てそうな代物《しろもの》、母の書いた凶悪な巻物でも眺めたいが、ここには無い。

ろくに自分の身を守れない彼女は、エルデリック王子の私室に隣接する控え室で、昨日から寝起きをしていたのだ。一度荷物を取りに部屋まで行ったのだが、付き添ってくれたラーシュに見られないようにするのに必死で、巻物を持ってくるのを忘れてしまった。

「お見合いでわたしを引き入れるつもりなら、殺そうとしないだろうし。てことは暗殺の方は完全に女官長とは別口の敵ってことよね……」

女官長が暗殺者と通じているのなら、ロアルドが呼び出した時にサリカを始末した方が楽だったはずだ。

当の暗殺者については、フェレンツ王の尋問結果を待っている状態だ。でも男が口を割らなかった場合、サリカ自身が尋問することになるだろう。直接心を覗《のぞ》くという方法で。

それを想像し、身を守るためとは言えやりたくないなぁとため息をつく。しかし自分に関わることでもあるし、その嫌な役目を祖母や母に押しつけたくもない。

サリカは考えるのを止《や》め、身支度をして部屋を出た。

エルデリックの朝の支度をするためだ。

王宮の厨房《ちゅうぼう》へ向かったサリカだったが、そこにはフェレンツ王の女官達もいた。

王の女官達は長く仕えている年嵩《としかさ》の女性ばかりだ。そんな彼女達が、ひそひそとサリカを見ながら話している。

不思議に思ったので、昼近くにやってきた同僚のティエリに尋ねたところ、お腹を抱えて笑われた。

「行き遅れになりたがってた変わり者の王子の女官に、結婚話が持ち上がったたって噂が立ったせいじゃない？」

ねーと隣の同僚に話を向けるティエリは、サリカより二つ年下だが、婚約者が決まっている身だ。相づちを求められたのは、もう一人の女官ハウファだ。既婚者でサリカより年上のハウファは、おっとりとした灰茶の髪の美女だ。ハウファは困ったような表情で笑う。

「昨日ね、殿下が私たちに仰《おっしゃ》ったことを、側にいた召使い達が聞いていたのだと思うのよ」

たぶんそのせいで話が広まったのだろうと言う。

それを聞いて、ようやくサリカは思い出した。昨日のエルデリックの提案を。けれど知らないことになっているサリカは、とぼけてみせなければならない。

「一体どういう話なんです、ハウファさん？」

「女官長がサリカさんにお見合いさせようとしているんでしょう？　それを聞いた殿下が『サリカの夫を決めるのは僕じゃないと』って言い出して。私はお止めしたのだけど、女官長に先を越されたくないから、もう候補の方……ラーシュさんでしたわよね？　陛下の騎士を殿下の元に異動させたって言うんですもの。驚いたわ」

ティエリが好奇心で目を輝かせて、話に割り入ってくる。

「で、昨日の異動時に対面させたって聞いたわ。どういう人だったの？　ラーシュ様って」

「どうかな……わたしも長く話したわけじゃないし……」

よもや言い争いをしたとは言えず、サリカの返事は曖昧《あいまい》なものになったのだが、ハウファがサリカよりも詳細を知っていた。

「異国の出身だと聞いたわ。陛下が視察のため近隣の街を巡幸された時に、開催されていた槍《やり》試合でラーシュさんとお会いしたんですって。そこで見込んで自分の側にお誘いになったのだから、かなり腕の良い方なんでしょうね」

助けに来たラーシュの様子を思い出して、サリカは心の中だけでうなずく。確かにラーシュは強かった。

「堅物だとは聞いたわ。陛下の女官が話しかけても、なしのつぶてだっていうの」

ティエリの情報に、ハウファが首をかしげた。

「お堅そうな方だったから、殿下が目をお付けになったのかしら？」

「そうかもしれないわよハウファ。王子のことだもの。サリカママを絶対裏切らなさそうな人間がいいって思ったからじゃない？」

ティエリの言葉を聞いて、サリカは心の中で『殿下にママって呼ばれるの、いいかも……』と妄想《もうそう》してしまっていた。

「これで女官長は引くしかないでしょうね」

ハウファに言われ、サリカはそんな風に上手くいってくれればいいのにと願う。お見合いの件だけでも片付けば、暗殺事件の方に集中できるのだから。

「そういえば、今日は女官長様を見かけないわね」

「ご実家の用で、午前のうちに王宮を退出されたと聞いたけれど」

これはとても嬉しい情報だった。お見合いの話をしたくなくて、女官長と会うことを避けていたサリカとしては、今日はゆったりとした気持ちで過ごせそうだ。

と思ったところで、部屋の扉が開いた。

入ってきたエルデリックは、可愛らしい顔に笑みを浮かべて、あらかじめ用意していたらしい紙を広げてサリカに差し出す。

《今日は、コザ地区の礼拝堂へ行ってくれるかなサリカ。新任のラーシュにも道を覚えてもらうため、一緒に行ってね》

それを見たティエリがつぶやく。

「殿下、さっそく仲良くさせようと画策なさったんですか……」

間違いなくそうだろうと、サリカも思う。けれどこんなにあからさまにしなくても、と言いたかった。おかげでお見合い合戦に興味津々《しんしん》のティエリが、目を輝かせている。後で感想をしつこく聞かれるに違いない。

面倒だなぁと心の中で呻く彼女に、続けて爆弾を落としたのはエルデリックだった。

《馬車だと案内しにくいでしょう？　ラーシュの馬に乗せてもらって行ってね》

もう一枚、ぺらりとめくった紙に書かれていた文字を見て、ティエリがきゃあっと嬉しそうな声を上げ、ハウファが気の毒そうにサリカを見る。

サリカは渋い表情になりそうなところを、必死に我慢していた。

結婚も恋愛もしないと思い定めているサリカにとって、恋話で問い詰められることほど面倒なものはない。なのにその材料がティエリの前に積み上がっていくのだ。

そんなサリカにエルデリックは、僕頑張ってるよと言わんばかりに得意げな笑みを向けてくるのだった。

◇◇◇

コザ地区というのは、昔、王都民の食料として飼われていたヤギの飼育場所があった地域だ。ヤギの飼育場所が移動し、残された建物に移住者が住みついたり、更地に急ごしらえの家を建てていった地域なので、あまり裕福な人はいない。建物も昔からある石造りの家を改修したものや、ガタついた木造の家が多い。

エルデリックゆかりの礼拝堂は、そんな場所に建てられている。

なぜそこに礼拝堂があるのかといえば、彼が発語できないことに絡《から》んでくる。今は亡き王妃が、神の奇跡を願って貧しい者の住む場所にわざわざ建てさせたのだ。

結局神の奇跡は起こらなかったのだが、この礼拝堂はエルデリックにとって母を偲《しの》ぶものでもある。月に一度は奉納の品を送っている。

サリカも時々、品を持って行ってはいたのだが、今回ほどそれが憂鬱《ゆううつ》なことはなかった。

「行きたくない。行きたくないよー……」

エルデリックの指示があった後、サリカはぐずっていた。

奉納の品を手提げのカゴに入れ、厩舎《きゅうしゃ》でラーシュと落ち合った後も拗ねていた。

「だって、今日は殿下が防具を身につけて訓練されるっていうのに！　着替えを拒否られて以来の、殿下に触れる絶好の機会だったのに！」

「ホントに変態だな……」

横で聞いていたラーシュは、呆《あき》れかえった表情をしていたが、サリカは気にしない。エルデリックのことに比べれば、世の中の様々な事柄は些事《さじ》でしかないのだ。

「変態じゃないってば。殿下は特別なの。我が子と思ってお育てしてきたのに、母が子に触れられないとか、何なのこの苦行！」

「とりあえず乗れ。早く帰れば防具を外すのには間に合うんじゃないのか？」

「お？　おおおお！　ラーシュさんてば頭いいじゃない！　分かった乗る！」

確かにラーシュの言う通りだった。急いで行って急いで帰れば、一時間ほどで帰ってこられるだろう。

「さぁ行こう。すぐ行こう！」

喜び勇んだサリカは、先に乗ったラーシュに馬上へ引っ張り上げてもらう。

女官らしくそこそこ良い布地を使い、けれど地味な深緑の裾長の内着と長衣姿のサリカは、横座りをして前を向き、びしっと前を指さした。

「よし、出発！」

「……お前、能力を使わなくても人使いが荒いな」

小声で言ったラーシュに、サリカは振り返らずに応じた。

「こっちの方が健全でしょ？　命の危機でもない限り、人の心を強制的に捻《ね》じ曲げる必要なんてないし。別に貴方だって殿下の命令に背《そむ》く気はないだろうし」

「まぁ、そうだが」

「それに能力のこと意識されるのも嫌なのよ。本当は一生隠して生きていきたいのに……。知られる人は増えるし、結婚したくないのに変なお見合いは来るし」

事情を知るラーシュが耳を傾けてくれているのをいいことに、サリカは愚痴《ぐち》を言う。するとラーシュが、不思議そうに尋ねてくる。

「お前、結婚したくないのか？」

「え、話してなかったっけ？」

　サリカはここ数日のことを振り返ってみた。

　襲撃された後の話でも、確かにお見合いを避けるために……という話はしたけれど、結婚したくないとは教えていなかったかもしれない。むしろ能力を秘密にするために、という話ばかりしていた気がする。

　サリカ達は既《すで》に王宮を出て、王都の町並みへ続く低木の木立が広がる道を進んでいた。折良く人の姿もない。聞かれる心配もないのでサリカは説明した。

「ほら、わたしってこんなアホみたいな能力があるでしょ？」

「あ、あほ……」

　ラーシュはあっけにとられたようだ。そんなラーシュの様子を無視してサリカは続けた。

「人の心を操れるってことは、権力者とか野心家なんかが欲しがったりするわけで。昔はうちのお祖母ちゃんもひどい目にあったし、この世に敵なんているのかと思ううちの母でさえ、誘《ゆう》拐《かい》されたことがあったみたいで」

　儚《はかな》さをどこかへ捨てて生まれてきた母は、自ら返り討ちにしたクチなのだが。

「それでもお祖母ちゃん達みたいに力が強ければね、自分や家族を守ることもできる。だけどわたしはすごく力が弱いの。それじゃ守れないでしょ。……考えてみてよ。結婚して子供がそういう輩《やから》に捕まったらってこと。まずわたし一人じゃ助け出せない。助けを求めたくても、お祖母ちゃんやお母さんだっていつまでも元気でいてくれるわけでもないし」

「守れないから、家族をつくりたくないということか？」

ラーシュの言葉にサリカはうなずく。

「そういえば貴方の力は血筋で受け継いでるの？　まさかわたしと同じ結婚しない仲間？」

仲間だといいなと、わくわくしながらサリカは尋ねたが、ラーシュは曖昧な返事をする。

「いや、そういったことを考えたこともなかった」

「考えたことがないっていうのは、結婚したくないって思ってるわけじゃないのね。でも貴方、女の子に素っ気ないって噂を聞いたけど？　まさか女の子が苦手とか？　女の人の下僕にされてたからトラウマになってて……とか」

「……その話はしたくない」

嫌そうに横を向いたラーシュに、サリカははっとした。

今日は和《なご》やかにラーシュと話ができたので、油断しすぎていた。

彼が過去や個人的なことを話したくない人なのかどうかを先に確かめるべきなのに、それをすっとばして自分の興味の赴くまま尋ねてしまったのだ。

これ以上つついては喧嘩になってしまう。

「うん、分かった」

サリカは話をそこで切り上げ、前に向き直る。

そのまま二人は、口を噤《つぐ》み続けた。

沈黙は気まずいものの、コザ地区はそれほど遠い場所ではない。間もなく到着した小さな礼拝堂に、サリカとラーシュは入った。

礼拝堂は円錐形の尖塔《せんとう》とそこから伸びる星形の回廊によって、五つの建物に繋がる造りになっている。建築物の壁は赤みがかった灰色の石だ。

サリカは常に交代で礼拝堂を守る神官見習いを捕まえ、神官を呼んできてもらい、おきまりの口上と共に奉納品を渡した。

その後、型通りの跪拝《きはい》をラーシュと共に礼拝堂の神像に捧げる。

他人が見ているということもあり、エルデリックの顔に泥を塗らないよう、サリカは楚々《そそ》とした所作を心掛けて跪拝を終えた。

そうして神官にいとまを告げた時だった。

礼拝堂の扉が開かれる。

参拝者なのだと思ったサリカだったが、入ってきた人物の顔を見て愕然とした。

「あらサリカさんではありませんの、奇遇ですわね」

それは満面の笑みを浮かべた、女官長だった。

落ち着いた色合いながらも豪華な青の長衣を着た女官長の後ろには、ロアルドがいた。

ロアルドの方も、先日会った時とは違う、白地に銀の刺繍《ししゅう》をほどこした服装だ。やたら気合いの入った格好で、どうして金持ちや貴族と関わりない場所にある礼拝堂へ来たのか。

嫌な予感がしたサリカに、女官長は言った。

「サリカさんはお役目のお帰りかしら？　せっかくですし、この近くに親族の屋敷がありますの。休憩《きゅうけい》していってくれると嬉しいわ」

――やられた！

サリカは心の中で叫ぶ。おそらく昨日のうちに奉納の品を手配したエルデリックの動きを察知し、サリカの予定を把握した上で、こんな誘いを持ちかけたのだ。

サリカを捕獲するために、女官長は休みをとったのだろう。しかも休暇予定がバレている相手なので、用事が……などとウソをつきにくい。

「ええと、でもわたし、今回は新任の騎士の方の道案内で来たのですわ女官長様。ですから王宮まで一度戻らなくては……」

「それならば、騎士様も一緒にご招待しますよ」

女官長はサリカの言葉に割り込んだ。

「ほんの一杯お茶を飲むだけですもの、手間など取らせませんし、私の方から『馬車の故障で動けないところを助けて頂いた』と言っておきますから問題ありませんわ」

王宮を統括《とうかつ》している人間がサリカの四方八方を埋めていく。

ただでさえ女官は貴族の令嬢や夫人がなるもので、召使いと違ってかなりの自由が認められている。家の用事で抜け出しても、咎《とが》められることはない。

騎士も似たようなものだ。城勤めのラーシュのような場合は、仕える相手の護衛の任務などがなければ、自由な時間が多い。

むしろその強さを堅持するためにも、他の都市で行われる試合に行くよう促されるほどだ。おかげでラーシュも断りにくそうな顔をしている。

結局サリカ達は、うなずくしかなかった。

女官長に連れて行かれたのは、コザ地区を出てすぐの小さな館だった。

黒いさび止めが塗られた鉄柵の門をくぐりぬけると、レンガ造りの瀟洒《しょうしゃ》な館が見えた。

「ここは私の義妹の別宅で、義妹が丹精《たんせい》しているクレマチスがとても見事なの。今が盛りだと聞いて今日だけお邪魔させてもらっているのよ」

コザ地区へ行くだろうサリカを確実に捕獲するため、女官長は近い場所に家がある義妹を頼ったのだろう。サリカは諦めの表情で、女官長と一緒に乗っていた馬車を降りようとした。

「サリカさん、どうぞ」

戸口で待ち構えていたロアルドが、手を差し伸べてくる。

馬車のステップからは段差があるので、確かに誰かに支えてもらえると楚々とした所作を保って下車できるだろう。

しかしサリカは、女官長や彼にご令嬢然とした、おしとやかな姿を見せたいわけではない。さらには母の作ったお見合いを壊す方法の二を、継続実行するという目的もある。

だから手を借りずに降りようとしたのだが、

「わっ！」

サリカが足を踏み外したとか、ヘマをしたわけではない。飛び降りるその瞬間に、なぜかロアルドがサリカを横からさらうように抱き上げたのだ。

目を見開くサリカを、ロアルドはすぐに下ろしてくれた。くれたけれども。

「なっ、ななな、なななんで！」

人様に腰を抱きしめられるとか、どれだけ恥ずかしいと思っているのか。

サリカは思わずロアルドを睨《にら》み付けてしまう。

一方のロアルドは、むしろ楽しげな表情になる。え？　と不可解に思ったサリカは、いつの間にか掴まれていた右手を引かれた。

「サリカさん、参りましょう」

そうして屋敷の中へ引っ張られていく。

「……手を離して下さい」

サリカは自分の手を抜き取ろうとしたのだが、ロアルドはがっしりと握り締めてくる。

このお見合いから逃げ出さないように、拘束しているつもりなのだろうか。

でもなし崩しに、手を握ったまま行動させられるのはまっぴらごめんだ。サリカは立ち止まって足をふんばり、力一杯手を引っ張った。よもやそこまで嫌がられると思わなかったロアルドが、ぎょっとして手を離す。

するると全体重をかけて引っ張るために体が斜めになっていたサリカは、ころっと後ろに倒れそうになった。

当のサリカは、尻餅《しりもち》と引き替えに拘束を逃れられるならいいだろうと思っていたのだが、幸いなことに受け止めてくれる人間が後ろにいた。

「あ、ありがと」

礼を言うと、ラーシュが呆れ顔でサリカの背中を押して立ち上がらせてくれる。館の使用人に馬を預けてすぐに、駆けつけてくれたのだろう。ラーシュは、立ち止まってこちらを見ているロアルドに言った。

「俺は、彼女の身辺を気遣うことも殿下から命令されている。俺がついているので、そちらは先導だけしてくれたらいい」

言われたロアルドの方は、目を眇《すが》めてラーシュを見た後、再び笑みをみせる。

「本当に王子殿下はサリカさんを大切にしていらっしゃるのですね。では、お先に」

そう言って前を向いて歩き出す。

ほっとしたサリカは、並んで歩くラーシュに謝った。

「その……ごめんね、巻き込んで」

他人のお見合いに同席するなんて、ラーシュにとっては不本意なことだ。例の件のことがあるので、サリカを放置できないだけで。

ラーシュは「いや、気にするな」と言ってくれる。口が悪くてサリカとは喧嘩になってしまうものの、彼も悪い人じゃないんだよなとしみじみ思うのだった。

サリカ達が招き入れられたのは、掃き出し窓の外に白い柱のポーチがある部屋だった。その柱に緑の葉を茂らせ、青紫の美しい花が星のように咲いているのが見えた。

「さ、どうぞこちらにお座りになって、サリカさん」

お見合いを半ば達成したような気分なのか、満面の笑みを浮かべる女官長が、召使いのごとく椅子を引いてくれたりする。

かいがいしくも自らお茶を淹《い》れた女官長は、自分も白いクロスのかかったテーブルの前に着席するなり、ロアルドのことを売り込んでくる。

「先日、このロアルドとお会いになったのでしょう？　私の母方の親族の子なんですけれどね、とってもよい子なんですのよ」

女官長の話を聞いて、だからわたしとお見合いさせられてるんだと納得できた。

誰かとサリカをくっつけたくても、女官長の知り合いはほとんどが貴族だろう。その中に、辺境伯の孫とはいえ平民のサリカを望む人間がいるとは思えない。親戚でもなければ受けてもらえなかったのだろう。

「ロアルドのことをよく知ってもらいたいから、ぜひこうしてお見合いのお茶会を開きたかったのよ。来て下さって嬉しいわ」

そう言った女官長の隣で、ロアルドも微笑んでいる。この人は本当に私と結婚することになっても大丈夫なのだろうか？　何か結婚をすることで彼が利益を得るような取引を、女官長としているのかもしれない。

「ですが女官長様、親族もなしではお見合いとは言えませんし……」

「このロアルドと私は親戚ですから、両親の代理として私がいれば問題ございませんわ。そして上司となれば親代わりも同然。それにこうして話をする機会を重ねれば、お互いをより良く知ることができるし、あらためて正式な席についた時にも話が早く済むでしょう？」

断り文句は、すぐに女官長に打ち返された。ロアルドとサリカをなんとか仲良しにして、その上でサリカに正式な見合いにうなずかせたいらしい。

やんわりと言うだけではだめだと諦めたサリカは、ストレートに女官長に断った。

「いえ、再三言っておりますが、わたしは結婚するつもりはないので」

「サリカさんも結婚してみたら、気持ちも変わるわ。せっかくの機会ですもの、ロアルドとお庭を回りながら二人きりでお話ししてみたら？　まずはお互いを知ることから始めて……」

女官長はサリカを言いくるめようとしたあげく、最初の話題に戻ろうとする。

サリカは肩をおとした。これではだめだ。泥に釘《くぎ》を打っているようなものだ。隣で聞いているラーシュも、あっけにとられたような表情をしている。

どうしようと考えたサリカは、母親から送られてきた巻物のことを思い出す。

今のところ一番から三番までの方法は全敗続きだ。

次の四番は誰かに押しつけるというものだが……。押しつけられる相手が男しかいない。

ラーシュの顔を見れば、嫌な予感がしたのか、彼は寒気がするように腕をさすった。

確かにサリカの事情に巻き込まれただけの彼を、ロアルドに押しつけるというわけにもいかない。あまりにも非道な行いすぎるので、サリカは別な人物に白羽の矢を立てた。

「あの、女官長様はどうなんですか？　ロアルドさんと結婚してみたいと思いませんか!?」

「何を言っているの？」

女官長は面食らった様子だったが、サリカは無視した。

正直なところ、女官長の方がサリカよりも美人だ。ロアルドにしても、もしかしたら熟女趣味かもしれないではないか。

「あの、私既婚者なのだけど？」

「離婚するなら手を貸しますよ！　この間どこかの伯爵様が神殿に離婚を認められたとか聞きましたから、できないわけじゃないですし！　そうそう、旦那さんと上手くいってないって聞きましたがホントですか？　もしそうなら、乗り換えた方がいいんじゃないですかね！　それにロアルドさんだって、美人な女官長様の方が絶対にいいと思いますよ！」

熱心に勧めるサリカに、女官長は呆然《ぼうぜん》と口を開け閉めしている。

きっと常識がないと思われたのだろうが、サリカはかまいやしない。それならそれで、親族のロアルドの嫁には相応《ふさわ》しくないと思ってもらえるだろう。

そこで笑い出した人物がいた。

ロアルドだ。苦しそうに横を向き、声を抑えて笑っている。

「くっ……サリカさんは本当に可愛らしい方ですね。容姿に自信がないから、私を気遣って下さったのですか？」

「え……えと……」

サリカは戸惑う。確かに容姿には自信がない。だからロアルドも年上でも美人な方がいいだろうとは思ったのだが。

だけどあの発言のどこが可愛いのか。サリカには全く理解できなかった。

「貴方も充分綺麗な方ですよサリカさん。大輪の薔薇《ばら》だけが、美しい花ではないのです。私は野に咲く菫《すみれ》のような貴方も、充分に素敵だと思いますよ」

サリカは驚きすぎて一瞬固まった。

あまりにストレートな口説き文句に、驚いて言い返せない。しかもその間に、女官長が気を取り直してしまったようだ。

「サリカさんたら、どうしてそんなに錯乱なさっているの？　体調が悪いのかしら？　もしそうなら、王宮には私が休暇を知らせておきます。ここでお休みになって？　ロアルドに看病させますから。あ、騎士様はお帰り頂いて大丈夫ですわ」

女官長はにっこりと微笑んだ。非常識攻撃にはひるんだものの、すぐにロアルドと接触する理由を探し出すとは、女官長恐るべし。

ここからどう返せば優勢になるのか。サリカはぎりぎりと歯を食いしばる。

一方お前だけ先に帰れと言われたラーシュは、ため息をついていた。それからサリカの方にその目を向けてくる。

たぶんラーシュは、どうするのか視線で尋ねているのだろう。けど打開策が浮かばない。このままではサリカ一人で取り残され、ロアルドに言い訳のできない状況を作られてしまう。

「サリカさんがお帰りになる時には、こちらで馬車を用意いたしますよ。安心なさって」

逃してなるものか、と女官長が押してくる。サリカは悲鳴を上げたくなるのを我慢しながら、自分の意見を述べた。

「ラーシュが帰るなら、わたしもか、帰りたいのですが……」

「具合が悪いのでしょう？　無理をしないでいいのよ？　ああ、そこの人。王宮まで知らせを出してくれないかしら？　ラーシュ様はどうぞ安心して、お戻りになって下さいな」

女官長は強引に、サリカを引き止めようと行動を起こす。

再び帰ってくれないか、と念押しされたラーシュが、そこで席を立った。

サリカは思わずラーシュの袖を掴んだ。

やだ、置いて行かないで。

そう言いたいけれど、ラーシュは嫌々ながらお見合いに巻き込まれただけだ。これ以上迷惑はかけたくない。こうなったら、ロアルドと二人きりになった時にでも彼を上手く昏倒《こんとう》させて、逃げよう。

そう覚悟を決めたサリカだったが、ラーシュが唐突にサリカの前でかがんだかと思うと、さっと抱き上げていた。

「え……!?」

一瞬で腕の中に抱えられたサリカは、目が点になる。

ラーシュは、ぎょっとした表情でこちらを見ている女官長達に向かって一礼した。

「王子殿下より、側を離れるなと言われています。王子殿下は彼女をことのほか大事にしていらっしゃるので、一人にするわけにはいきません。連れて帰ります」

そのまま立ち去ろうとするラーシュに、サリカは混乱した。

表情はいつも通りだ。下僕スイッチが入った時みたいに、無表情ではない。なのにどうして、と思ってラーシュを見上げれば、彼の目がそこはかとなく泳いでいる。

……まさか勢いでやっちゃった？　と思っていたら、女官長がそこをついて来る。

「ちょっ……待って下さらない!?　いくら殿下がサリカさんを頼りにしているからといって、ここから出て行くためだけに、どうして彼女を抱き上げる必要が？　まままま、まさか、貴方、サリカさんとお付き合いしていらっしゃるの？」

そこまで言ったところで、女官長の表情がぱあっと明るくなる。頬に赤味すらさしていた。まるで、他人の恋愛話にわくわくしているティエリみたいだ。

サリカはどうにもできずに悩んでいた。

ラーシュがそうだと言えば、二人は恋仲という設定で今後も過ごさなくてはならなくなる。ラーシュも不本意だろう。しかし違うと答えたら、女官長の舌先三寸でサリカはラーシュと引き離されるに違いない。

何か他の言い訳を探さなくては。頭の中でぐるぐると考えたサリカは、母の教えその五を思い出した。お付き合いをしてるのかと聞かれた場合の、対策法だ。

「あ、あの、お父さんみたいな人なので、尊敬してまして」

思い出した言葉をそのまま言ってみたら、効果は変な方向に覿面《てきめん》だった。

「えっ？」と女官長の表情が固まる。ロアルドもやや顔が青くなった。

サリカは首をかしげた。何か変なことを言ってしまっただろうか？

「さ……サリカさん。お父上のようにって、まさか、特殊なご趣味が……」

ロアルドに恐る恐る言われて、サリカは肝心なことを思い出し、悲鳴を上げそうになった。

そうだった。父親は激しく特殊な人だったのだ！

お見合いをする以上、女官長達はサリカの両親のことも調べたのだろう。当然のごとく、父親のあれこれの行状とかを知っているのだ。

ようするに今のサリカの言葉は『ラーシュがお父さんみたいに特殊な趣味がある人だから、とても尊敬しているんです！』と答えたことになるのだ。

冷や汗が背中ににじむのを感じながら、サリカはそろっとラーシュの顔を横目で見た。

案の定、ラーシュはサリカにどういうことだ？　と問うような眼差《まなざ》しを向けてきている。

……説明するべきだろう。でもそれは、安全な場所に移動してからにしたい。それにずっとお姫様だっこされ続けているので、いい加減ここから逃げたかった。

そんな風に戸惑っているうちに、ロアルドが気を取り直してしまったようだ。

「でも、お二方は本当にお付き合いされているのですか？　今まで恋人らしい素振りなど見たことがありませんし、ラーシュさんは、つい先日陛下に仕え始めたばかりですよね？」

痛いところをついてくる質問に、サリカが焦っていると、ラーシュが耳元で囁《ささや》いた。

「逃げたかったら、少しだけ我慢しろ」

それからラーシュは、ロアルドに不敵な笑みを浮かべてみせた。

「恋愛に、時間が必要か？　それに俺たちには見せびらかす趣味はないんだ。けど納得してもらえないなら、仕方ない。これでどうだ？」

そう言ったラーシュが、当然のような仕草でサリカの頬に顔を寄せてきた。

我慢しろと言われたのは、このことだと察した。頬に口づけをして、恋人らしくしてみせる気なんだろう。意図は分かったけれども、怖くて思わず目を閉じてしまう。

そのせいで、頬に触れる唇の感触に全神経が向いてしまった。

ほんの羽がこすれる程度の、微《かす》かな感触だったのに。

そのせいで彼の唇が滑るようにこすれて、くすぐったくなったサリカは思わず「ん」と声が出てしまう。

「まさか本当に……？」

ロアルドがつぶやく。

「それでは失礼する」

驚いている間にと思ったのだろう、ラーシュは短くそう言って、立ち去った。

サリカ達は馬に乗って女官長の親族の屋敷を離れ、王都の街並みを急いで通り抜ける。

王宮と街を隔てる林の中まで来たところで、ラーシュに馬から降ろされた。

道から外れたラーシュは、林の中の座れそうな倒木がある場所で立ち止まると、馬を近くの木に繋いだ。馬は下生えの草をはみ始める。

まだ頬に口づけされた衝撃が冷めやらぬサリカは、もぐもぐと口を動かす馬をぼんやり眺めていた。そんな彼女の前に、やや斜《はす》に構えたラーシュが立つ。

彼の顔を正面から見ると、まだ赤面しそうで恥ずかしい。でもあれは急場をしのぐための作戦なのに。意識していると悟られるのは嫌だったので、サリカは無表情を保とうとした。

「さて、聞かせてもらおうか。なぜお前の父と似ているという理由で、他人からあんなにも嫌そうな顔をされるのかを」

「あ……うん、そうだよね」

この重要な案件を思い出したおかげで、先ほどまでの恥ずかしさが、サリカの心の中から波のように引いて行った。

確かに説明せねばならないだろう。このままでは、本人が知らぬところで後ろ指をさされる可能性もある。怒りを買うのなら、先に自分の口から言ってしまった方が傷は浅い。

けれどできれば言いたくないがために、サリカは話の前に言い訳を連ねた。

「ほんっとーにとっさのことで、悪気があったわけじゃ無いのよ？　嫌がらせのつもりでも無いの……。聞く前にそれだけは分かってほしいんだけど」

サリカはこれでもかと念を押す。あまりにしつこいので、逆にラーシュは話のひどさに想像がついたようだ。

「本当ならば聞きたくないがな。お前がそれだけ言うのなら、相当ひどいんだろう？」

サリカは重々しくうなずく。

「父は、縛られるのが好きなの」

「…………」

サリカの前ふりを聞いて、覚悟していたはずのラーシュは黙り込む。

とりあえず怒られなかったので、サリカは経緯説明へと移った。

「原因というのなら、たぶんお母さんがいけないんだと思うわけで……。話は、なれそめまでさかのぼるんだけど」

サリカの母は、父に一目惚《ぼ》れしたのだという。けれど『能力』のことがあるので、サリカの母も告白することを躊躇《ちゅうちょ》した。なぜなら父は、人質にされても自力で解決できる人ではない。何よりもサリカの母を守り抜いてくれるほど愛してくれるか分からなかったのだ。

しかし父親である祖父イレーシュ伯とも仲が良かった父は、わりと頻繁に伯爵家を訪れた。その度にこっそり覗くしかない母は、次第にこの状況にイライラし、考えた。

そうだ、調教しようと。

「……おい、お前の母親の頭の中身はどうなってるんだ？」

ラーシュの突っ込みに、サリカも涙目になるしかない。

「それを言わないで……」

とにかく勢いのまま、サリカは語った。

サリカの母は自分を一番に考えてくれるように飴《あめ》と鞭《むち》で躾《しつ》けたら、秘密を絶対に漏《も》らしはしないだろうと考えたらしい。そして万が一の場合には自分が父を守るのだ。

決断したサリカの母は、伯爵家から帰ろうとした父を罠《わな》をしかけて捕縛。自分を一番にしてくれると言うまで帰さないと迫ったらしい。

「お前の母親は……いや、なんか不毛な気がしてきた」

仮にも辺境伯令嬢が罠をはるなんて、どうしてそうなったとか、それは監禁だろうとか言いたかったのだろう。しかし母に常識を説くのが、不毛な行為なのだ。思いついたら猪突猛進《ちょとつもうしん》なサリカの母は、誰の意見も受け付けない。

「でもね、そのせいでうちのお父さんも、いけない世界の扉を開いちゃったみたいで」

サリカの父は「なんて情熱的な人なんだ」と、そんな母親に惚れてしまったのだ。奇想天外な父親である。逃げられないよう縛り上げられたことを、情熱の表れと感じたようだ。

縛られても嫌ではなかったあたり、潜在的に『そういう素質』もあったのだろう。

それ以来、自分への愛を確かめるために、時々父は自分から縛ってほしいと言うようになってしまったらしい。

「そんなわけでね、わたし小さい頃は、父親は時々家の梁《はり》から吊《つる》されているものだって思い込んでたのよ。でもある日、悲劇が起こったの」

「悲劇⁉」

「わたし、父親が吊されているかどうか確認もせずに、近所の子を家に呼んじゃって。そして父さんを目撃したその子は、死体がぶらさがってる！　って絶叫しながら家を飛び出して……近所の人たちが押しかけてくる事態に」

運悪く、母親が外出していた時のことだった。

おかげで人が来る前に父を下ろすことができず、やってきた近所のおじさんおばさんおじいさん達の前で、サリカの父はぶら下がったまま挨拶することになってしまったのだ。

これで『一般的な親』というものがどういうものかを知って、サリカは大変恥ずかしい思いをした。

けれど『父親が吊される家』という話は、住んでいた村の中を駆け巡り、近隣の町にまでとどろいてしまったのだ。

「その噂が強烈すぎて、お母さんの能力に関する噂も全部かき消えたんだけど……ううぅ」

正直喜んで良いのかよく分からない。父親は『可愛い娘の防犯に役立った』と喜んでいるぐらいだが。

「いや……そりゃ、かき消えるどころか、気になっても忘れるだろうな」

むしろああいう家だから、何が起きてもおかしくない程度には思われているだろう、とラーシュに言われ、サリカはうなだれた。

「たぶん、女官長様もその噂を知っているんだと思う。一応、親戚とはいえ他人とわたしをくっつけるわけだから、身上調査みたいなことしたんじゃないかな」

「……ようやく状況は理解できた」

ラーシュも、なぜあんな目を向けられたのか、嫌々ながらも腑《ふ》に落ちたようだ。

「てことは、俺は吊されて喜ぶ男にならなくちゃいけないのか？」

警戒するラーシュに、サリカは……沈黙するしかない。

「お前の父親には、他に趣味や特徴はないのか？」

「ええと、裁縫を少々……」

「……くっ。なんて特殊な」

ラーシュが呻く。裁縫を趣味にしている男など、そうそういないだろう。

「他には無いのか。剣の腕が良いとか、俺にできそうなことは」

「お母さんから防犯のためにって、フライパン打法を仕込まれてたけど、上達してるかどうか……。剣は、たぶん持たせた方が危ないような感じ」

そしてサリカは結論を述べる。

「でもうちのお父さんの一番有名な噂って、やっぱり蓑虫《みのむし》になることかと」

「今からでも、新しい趣味に目覚めさせられないのか？　さすがに縄で縛られたら、護衛をするにしても支障がでるだろ」

そうだよね、とラーシュの言葉にうなずいたところで、サリカはふと気づいた。

縛られるのは困るので他に趣味が無いのか、と尋ねるということは、ラーシュは本当にサリカの父のような真似をする気があるようだ。

「ラーシュさん、ホントにお父さんと似てる人のふりしてくれるの？　でもそれって、恋人のふりをしてるようなものじゃない？　『お父さんみたいな人がいい』って、結婚相手に言う言葉でしょ!? 不可抗力で一緒にいる、って偽装するだけじゃ済まなくなるんじゃ?」

「いや、まだ他にも選択肢はあるだろう」

ラーシュは他の選択肢《し》を示してみせた。

「俺がお前の父親と同じだ、という嘘を信じているのは、あの女官長とロアルドとかいう男だけだ。なら、他の人間にその姿を見せる必要もない。お前が排除したいのも、あの二人だけだろう? なら、彼らにどうしても疑われた時だけ、奥の手として使えばいい」

「わたしのお見合い破棄のために、人間蓑虫に、なってくれるの……?」

感動して見上げるサリカに、ラーシュは嫌そうな顔をした。

「その表現とやる内容は心底嫌だが仕方ない。お前にあんなうさんくさい連中と縁戚になられてはこっちが困る。それにここまでのことを、あのロアルドという人間が真似できるとは思えないからな。たぶん諦めるしかなくなるだろう」

ラーシュの言葉にサリカはほっとする。

嫌々ながらだと言われても、サリカは嬉しかった。怒らず協力してくれるのだから。

なんていい人なのだろうと思い、サリカは深くラーシュに頭を下げる。

「ほんっとにありがとう! これで女官長様の魔の手から解放されるかも!」

頭を上げると同時にそう言えば、ラーシュが苦笑する。

その表情が、今まで見た中で一番柔らかくて自然で、サリカの視線が吸い寄せられた。穏やかな笑みを浮かべるラーシュは、雨に濡《ぬ》れながら立つ樹木のように凛《りん》としていた。

しかしそれも数秒のことだ。ラーシュが表情を消すと共に、サリカも我に返る。見とれていた自分に内心で慌てるサリカに、ラーシュは釘を刺してきた。

「ただし、俺は縛られて喜ぶ趣味はない。となればお前が『能力』で俺に実行させろ」

「え⁉　だって嫌でしょ、そんな強制されるようなこと」

「正気でそんなことできると思うか？」

ラーシュに尋ねられ、サリカはぶんぶんと首を横に振る。泥酔したとしても、自ら蓑虫になろうなんて人間は少ないだろう。

「あんな真似、進んでやれるのは変態だけだと思うわ！」

力強く言うサリカに、ラーシュはうなずく。

「一度だけだ。一度はっきりと見せてやればそれで諦めるだろう」

そう言われたサリカは、再度ありがとうと言ったところで、ふと別な問題に気づく。

「あの……。それをやるためにもね、協力してほしいことがあるんだけど」

「何だ？」

また何か変なことをさせられるのかと警戒するラーシュに、サリカは言った。

「練習に付き合ってほしいの」

王宮へ戻ると、サリカはエルデリックに届け物のことを報告した。もちろんお見合いのことは伏せる。これ以上心配をかけたくないからだ。

◇◇◇

その後は、エルデリックについて、庭園の四阿《あずまや》まで移動した。

今日はエルデリックの勉強会の日だ。

言葉の話せないエルデリックは、同じ年頃の友達を作ろうにも、意思疎通を行うのに手間がかかる。交流できても、詳しい話などはし難《にく》い。

なので講師から話を聞く『勉強』という形で『学友』達と一緒にいさせて、エルデリックの状況に慣れさせようとしているのだ。

エルデリックの学友達は、四阿の前で並んで待っていた。皆、経済力のある侯爵家の子息や私軍の力量が随一と言われる男爵家の娘、国内の伝信業に携わる家の子息などだ。

彼らは、将来的にエルデリックを支える人間として期待されている。

講義が始まると、エルデリックは一生懸命メモをとる。そして隣の少年にこっそり聞かれたことに、紙の端に文字を書いて返事をしていた。

微笑ましく見つめていたサリカは、四阿から少し離れた場所にいた。

この間に、サリカも問題解消のために、訓練しようと思っていたのだ。

春の柔らかな風が、衣服の裾をゆらす。

あたたかな日差しから隠れるように木の下に立ったサリカは、集中しすぎてよろけないよう、後ろの木に背中をあずけた。

そうして目を閉じる。ラーシュと心を繋げる練習をするために。

ラーシュに見合いを断る協力をしてもらうにあたって、問題が一つあった。それは、サリカがロアルド達に不審に思われないように、ラーシュに能力で命令を出すこと、だ。

今まではとっさに念じたものを、ラーシュが感じ取ってくれていた。

けれどそれでは、助けてとか、とっさの悲鳴しかラーシュに伝えられない。

……わたしに大人しく縛られて、ついでに嬉しそうにして欲しい、等という細かな注文をつけるのは無理だ。

もう一つ越えなければならない壁がある。ラーシュに能力で命じるのに、時間がかかること。

この壁を乗り越えるためには、エルデリック王子と会話する時のように、一瞬でラーシュと心を繋げられるようにならなければならない。

そのためには、何度も繰り返し繋ぐ練習が必要だ。

目を閉じたサリカは、昔、祖母に言われたことを思い出す。

――風を取り込むように世界の情報を感じ、風を送り出すように自分の知覚を広げること。

意識しながら深呼吸すると、脳裏に精神世界の、光る星が漂う景色が見える。

数個の星が集まっているのは、エルデリック達だろう。

エルデリック達を囲む枠を作るように、ぽつぽつと星がある。

その中からラーシュを探す。彼はエルデリックのいる四阿の向こうに立っていたはずだ。

星の中から聞こえる声に耳を澄ましながら、彼の心を探し出した。

見えない心の手で、彼の心に触れる。

その瞬間に浮かんだのは、冷たい泉に手を差し入れるような感覚だった。

ラーシュの心に触れても、こぼれてくる声は小さくて言葉としては聞こえない。そして時折だけしか漏れ聞こえないということは、無心の時間が長いのだろう。エルデリックの様子を真面目に見守っているのに違いない。

サリカはさっそく話しかけてみることにした。

《ラーシュさーん、返事して下さい》

しかしラーシュの心からはなんの応答もない。まさか空耳だと思われたのだろうか。

そうでなければ返事の仕方が分からないのだろうと思いつく。

《あ、心の中で思うだけで結構なんですがー》

応答方法を教えたのだが、やはりラーシュからは返事が無い。

《練習に付き合うって言ったじゃないですかー》

ちゃんと練習してるんで、それに付き合ってほしい。その旨を話すと、ようやくラーシュが応答した。

(聞こえている)

《ラーシュさん、なんで返事してくれないんですかー》

愚痴をこぼせば、だるそうな声が聞こえた。

(いたずらかと思ったんでな)

ひどい、と思ったサリカは少し拗ねた。そして一度能力の使用を止めた。

これで、ラーシュの心への接触は容易になったはずだ。今度は目を開けたまま能力を使えるようにするだけ。

命じる度に目を閉じていたら、何かあった時に対処できないから。

けれど慣れないことをしようとしているせいか、なかなか精神世界と心が繋がらない。何度も深呼吸を繰り返した末に、ふっと切り替わりが訪れた。

目の前の景色に紗《しゃ》の帳《とばり》が重なるように、精神世界の光景が見えた。周囲の人達の中心に、星の瞬きが確認できる。

改めてラーシュの心に触れようとする。自分の感覚が、下に向かって落ちていくように引きこまれ、水に触れるような感覚と共に『繋がった』と感じる。

《ラーシュさん、返事よろしく》

(分かった分かった)

そこで一度能力を打ち切り、またまた繋ぐ。

《ラーシュさん、今日のお昼ご飯何食べました？》

（お前も同じだろう）

返事が来たので、一度能力を打ち切ってもう一度接触する。

《ラーシュさん朝はすっきり起きられる方ですか、二度寝したい方ですか》

（そんなくだらないことを質問するな。あとなんか腹立つから俺の名前にさん付けしたり、敬語で話しかけてくるな）

《あ、さん付けしなくてもいいの？　その方がわたしも楽だし良かった》

サリカはそんな風に毎回ラーシュに話しかけて、応答を強要した。その度にラーシュの表情が、どんどん憂鬱そうになっていったが、気づかないふりをした。せっかく訓練をしているというのに、いたずら扱いをされて傷ついた報復代わりだ。

迷惑そうな応答をされても、しつこく作業を繰り返した甲斐《かい》あってか、エルデリックの勉強会が終わる頃には、数秒で心を繋げることができた。

悦《えつ》に入《い》っていたサリカは、そこで自分の側に静かに近寄ってきた騎士に気づく。

その騎士は確かフェレンツ王に仕えている人だ。

「サリカ殿に検分を依頼したいものがあるのです。騎士ラーシュも一緒に来てもらいたいのですが」

フェレンツ王の騎士が、サリカに検分をと言ってくるようなもの。

何だろうと考えたサリカは、ある一つのことに思い至った。フェレンツ王に解明をお願いした、サリカを襲撃した者のことだ。ラーシュを呼んでいるのもそのせいだろう。

騎士に了承を伝えたサリカは、ラーシュにちょいちょいと手招きをする。

繰り返された練習の末に、サリカのことを睨んでいたラーシュは、手招きに気づいてすぐにやってくる。そうして二人は、その場を離れた。

フェレンツ王の騎士が案内したのは、地下牢だった。

地下牢と呼ばれる場所なのだから、暗くてじめついて、壁や床に苔《こけ》なんかが生えていて、一日いたら病気になりそうな場所をサリカは想像していた。

けれどざらついた黄色っぽい石壁に触れてみたサリカは、少し湿気《しけ》ってはいるが、思っていたよりさらさらとしていることに驚いていた。

ぴちゃんと水の上に水滴が落ちる音が響くが、音の源は、手前にある雨どいだ。雨が降るとその場所にだけ水がにじんでくるのだろう。水を受け止める木桶《きおけ》の中には、指先ほどの深さで水がたまっている。

木桶には、天井から細く光が差している。天井にいくつか空気穴が空いているようだ。地下だからと、様々な方法で湿気をためないようにしているらしい。

「地下にカビが発生すると、上階にまで影響が出るんですよ。王宮の牢獄塔の上階には貴族を入れますからね。そこまでカビ臭かったらしくて、何代か前に上階に押し込められた王族が、出獄後に国王に要求して改装させたらしいんですよ」

のほほんとバルタ王宮地下牢の歴史について語ったのは、サリカとラーシュを呼びに来た、フェレンツ王の騎士ブライエルだ。

近頃は地下牢を使わないのだというブライエルの話の通り、両側に並ぶ鉄格子のある部屋には誰もいない。

「今は奴《やっこ》さんの貸し切り状態で……ほら、あそこです。一番奥」

ブライエルが最も奥の右手側を指さす。

人が居るとは思えないほど静かだ。その原因をいくつか思い描いたサリカの背に、ぞわりと泡立つような感覚が走った。

「あ、あの。まさか拷問《ごうもん》しすぎて、死にかけとか……ないですよね？」

「安心して下さい。そういう拷問は今の時代、あまり必要ありませんからね」

口元や目尻の笑いじわすら頼もしい風貌のブライエルは、柔らかな笑みを浮かべる。彼の言葉でほっとしかけたが、続きを聞いて口元がひきつった。

「今は薬で充分ですよ。廃人になる前にはおおよその者が白状します。本当に我々にとっても楽な時代になったものです」

「…………」

サリカは身震いして黙り込んだが、ラーシュは眉一つ動かさなかった。

「で、今回捕まえた男はどうなんだ？」

「依頼された事はあっさり白状しましたよ。報酬が欲しくて暗殺を受けたようですね」

話をしているうちに、該当する牢の前にたどり着く。

怖々と中を覗いたサリカは、中に見覚えのある男の姿を見つけた。が、横を向いて眠っているようだ。与えられていた毛布にくるまり、寝息をたてている。

「けれど相手も顔を隠していたようで。依頼した相手の顔をよく覚えていないようなんですよ。それを陛下に伝えたら、貴方とラーシュ殿を呼ぶように言われまして」

そこまで聞いて、サリカはフェレンツ王の意図を悟る。

「見せてどうなるとは思えませんが……中へ入ってみますか？　薬の副作用で熟睡しているので、安全ですよ」

「では、お願いします」

牢の鍵を開けてもらったサリカは、ラーシュと共に中に入る。そしてラーシュにブライエルから鍵を預かってもらった。

「ラーシュに返しに行って頂きますので」と話し、ブライエルには一度地下から出てもらう。

その行動に、ラーシュもサリカが何をしようとしているのか分かったようだ。

「お前、その男の心の中を覗くのか？」

「うん。この人が自分では思い出しきれないんでしょう？　陛下もわたしじゃないと犯人の手がかりが掴めないと思ったから、わたしに話を振ったんだと思う」

サリカは眠っている男の側に膝をつく。

そして毛布の中から飛び出していた手の甲に触れながら、ラーシュに説明した。

「本人が思い出せなくても、記憶というのは頭の中に残るものなの。それを探り当てて、相手の顔や特徴について陛下にご報告するわ。時間がかかるかもしれないけれど、直近の出来事だから、上手く夢にでも見ていてくれれば、すんなりと覗けると思うんだけど」

サリカはむき出しの土床の上に座り、精神世界へと意識を繋げる。

対象に触れていると、心を繋ぐのがとても楽でいい。冷えた水の中に飛び込む感覚の後、サリカの脳裏にある光景がひらめいた。

地下牢とは違うけれども暗い場所。傾いた建物の中は木箱の破片が散乱し、土埃《つちぼこり》まみれの衣服を着た男達が目の前に立っていた。

腕を振り回し、暴れているのはこの心の持ち主、サリカを襲った犯人である男らしい。

犯人は叫ぶ。薬を出せと。対する男達は、三人ともがそれはできないと答えた。

金が無いなら無理だ。そんな彼らの返事に、犯人の頭の中に様々な考えが浮かんだ。

金は前の薬のためにすべて使ってしまったこと。男は街道や山道を行く商人などの護衛業をしていたが、薬を使うようになってからは粗暴だ、と知り合いにも倦厭《けんえん》されるようになったこと。それでも薬無しではは っきりと物を考えるのも難しい。

犯人はさらに暴れ、結局は三人の男にたたき出され、近くの小川に落とされた。生活排水として使われる川に落ちた犯人は、浮いていた野菜くずなどにまみれ、叫びながら川から上がった。

そんな彼の前に、見知らぬ老人が立つ。

外套《がいとう》のフードを深く被った老人は、しわだらけの顔をしていた。他の王都の縁に住む数多《あまた》の老人と同じく、カミソリをあたっていない顎には白い髭がぼさぼさと生えている。日の光を背負っているせいで、陰になっていて目の色は分からない。街道で芸を見せる妖術使いのように、外套で小柄な体全体をくるんでいた。

男を見下ろす老人は、口の端を上げて笑った。

「お前は薬が欲しいのだろう？　あの小屋でねだっていたのは『幽霊薬《レーレク》』か？　だが幽霊薬を飲み続ければそれほど時をおかずに廃人になろう。そこでだ。儂《わし》は解毒剤を持っている。もしちょっとした用事を引き受けてくれたなら、ただでやろう」

老人の言葉に、犯人は「助かった」と考えた。すぐさま老人に解毒剤をねだる。

しわだらけの手から解毒剤を受け取った犯人は、その小瓶《こびん》の中身を一気に呷《あお》った。すると嘘のように頭もはっきりし、復調した。

もう一度先ほどのような心の奥からぞわぞわとする感覚に捕まるのは嫌だった犯人は、老人の手配した衛兵の制服を着て、王宮の中に入り込み――。

　それからもしばらく記憶を覗いていたサリカは、異常に気づき、慌てて能力の使用を止め、目を開いた。

「うそっ！」

　思わず口に出しながら、サリカは眠り続ける男から手を離す。

　大声を出したのにも関わらず、犯人の男はみじろぎ一つしない。

「どうした？」

　不思議に思ったのだろう。尋ねてきたラーシュに、サリカは困惑したまま状況を話す。

「この人、ずっと同じ夢を見続けてる……」

　犯人の夢は、サリカを襲撃した時のことばかり繰り返されていた。

　これは夢ではなく、脳がわずかな記憶を再生しているようなものだ。それはもう、脳が考える力を大分失っているせいではないだろうか。

「麻薬のせいかな……レーレクって、知ってる？」

　犯人の夢の中で出てきた麻薬の名に、ラーシュが顔色を変える。

「最近になって流行《はや》り始めてると聞いた麻薬だ。やたら習慣性が強いが、最初は皆、安価な痛み止めだと言われて少量を騙《だま》されて飲むという事件が起こってる」

「それってかなり短期間で廃人になってしまうの？」

「大量に飲めばそうなるだろうが……」

「まさか」

ラーシュの言葉にサリカはふと思いつく。

麻薬を大量に溶かした液体を解毒薬と偽って飲ませれば、一時的には治ったように感じるだろう。しかもその後、麻薬が切れるより先に自白剤を飲ませてしまったとしたら？　二つの薬の効果で、この犯人は廃人になってしまったのではないだろうか。

「ちょっと、起きてちょうだい！」

サリカは犯人を起こそうとした。目が覚めて話ができれば、サリカの仮説は否定される。むしろそうであってほしいと思ったサリカは、ラーシュに驚かれるほど叫び、揺さぶった。そこへ騒ぎに気づいたブライエルまで駆けつけてきた。

「どうした？」

血相を変えて牢の中に入ってきたブライエルは、犯人が何をしても目が覚めないと聞いて、渋い表情になった。

結果、ブライエルの見立てでも、犯人がもう目覚めることは無いことが確定した。

「こんなことなら、最初から陛下にお任せしないで、自分で見ておけばよかったかな……」

地下牢から戻りながら、サリカはつぶやく。

ブライエルの話では、牢に連れてきた時には普通に話していたし、自白剤を使ってしばらくも会話ができたのだという。ただ途中で眠り込むようになり、今朝食事を口に運んだ後は、ずっと目を閉じていたようだ。

ブライエルは薬の副作用のせいだと思い込んでいたらしい。

「仕方ない。麻薬常習者かどうか、知る方法がなかったんだからな」

諦めろと言ってくれるラーシュに、サリカは少し気が楽になる。

「それよりお前、死にかけても生きている限りは記憶が覗けるのか？」

尋ねられたことに、サリカは首を横に振る。

「頭の中が薬で破壊されちゃったら無理よ。それでもお祖母ちゃんなら、少しは記憶をほじくりだせるかもしれないけど……」

「お前達、本当に尋問いらずだな」

「体に優しくて、薬の副作用なんてのも無いし、そこだけは素晴らしいと思ってる」

「いや……それは人によりけりだろ……」

薬とは違い、サリカ達の能力の場合は黙秘権など無意味にしてしまう。嫌がっていても引きずり出されるのだ。そちらの方がより『人でなし』な行為だと思う人も多いことだろう。

そこでふと、サリカは不思議に思った。

ラーシュは以前、下僕扱いされていた。そこから逃がされたことは聞いた。けれど彼を下僕扱いできるのなら、その変態はサリカと同じ能力を持った人物のはずだ。その人は記憶を覗けなかったのだろうか？

尋ねかけたサリカだったが、直前で口を噤む。

礼拝堂へ行く途中、下僕扱いされていた時のことに触れたら、ラーシュはひどく嫌がっていたのを思い出したからだ。

故郷を出るくらいなんだから、ひどい目にあったはずだ。聞かれるのは嫌だろう。

気の毒に思いながら、先を歩くラーシュの背中を見つめていた。

三章　外出は危険が待ち構えている

それから三日、サリカは穏やかな日々を過ごしていた。

仕事をしつつ、時にはラーシュを相手に能力を上手く使えるように練習をし、合間にエルデリックを愛《め》でていたのだが。

「サリカさん、女官長様が執務室に来て欲しいってお呼びになっていたわ」

ハウファの言葉に、サリカは口を「え？」の形に開いたまま静止した。

サリカの手は、エルデリックの肩に大粒の藍玉石《らんぎょくせき》のブローチでマントの襟元を留めようとしていたところだった。

金色の髪から薫《かお》る石けんの香りや、きめ細かな肌を凝視《ぎょうし》できるこの機会を堪能《たんのう》していたサリカは、三秒後にとりあえず予定していた動作を続ける。

女官長が呼んでいようとも、サリカが優先すべきはエルデリックである。

マントを着せかけた後もゆっくりと衣服を点検し、微笑《ほほえ》みかけた。

「大変素晴らしくお似合いです、殿下」

本日のエルデリックは珍しくも外出するので、そのために着替えていた。

一緒に行くのはフェレンツ王ではない。ご学友達だ。

もちろんサリカもついていく。一緒について行けばラーシュも付随する上、護衛も王子のために沢山つくので、側《そば》にいるのが一番安全だからだ。

なので襲撃の件で心配しているエルデリックに了承をもらったサリカは、黒に近い赤の外出用ドレスを着ている。

だがここにきて女官長の呼び出しが来た。このままでは置いて行かれるのではないかと不安になったサリカだったが、エルデリックは戻るまで待っていると言ってくれた。

なので彼女は仕方なく女官長の元へ向かったのだった。

「なんか、やらかしたかな……」

お見合い以外で女官長に呼び出されるのは久しぶりだった。仕事に関しては真面目な女官長なので、何かお説教案件があって呼び出されたのではないかと考えたサリカは、自分の行動を振り返る。

三日前までは、確かに何も失敗はしていないと思う。

二日前にやらかしたことといえば、エルデリックが脱いだ服を抱きしめて着替えを手伝わせてくれないことを嘆いていたところを、ティエリに見られたぐらいだろうか。もちろんティエリに頭を叩《はた》かれた。

昨日はそれでエルデリック補充ができたので、大人しかった自信がある。

続けていた『能力』の訓練で気がそれた時に、うっかりラーシュに命令をしてしまい、歩いていたラーシュが急停止させられたせいで、つまずいて転んでしまったが。これも別に女官長に怒られるたぐいの出来事では無いだろう。

とにもかくにも、聞いてみなければ分からない。思い切ったサリカは、えいやっと女官長の執務室の扉を開いた。

「いらっしゃいサリカさん」

女官長はサリカを見て、にこやかに言って席を立った。

その姿にサリカは嫌な予感がした。どうしてこんなにも全開の笑顔を向けてくるのか。

（……仕事のことじゃないな、これ）

察したものの、今さら扉を閉めて逃げるわけにはいかない。

「あの、お呼びと伺ったのですが」

「ええそうよ。待っていたわサリカさん。まずはそちらに座って……」

椅子を勧めようとした女官長に、サリカは首を横に振る。

「できれば手短にお願いします。これから王子殿下の視察に同行する予定ですので」

きっぱりと言えば、女官長は残念そうだったが、機嫌が悪くもならなかった。警戒するサリカに「では単刀直入に」と前置きして、女官長は用件を切り出した。

「先日、一緒にお茶の席にいらした騎士のラーシュ様についてなのですけれど。もしよろしければ、私が後見人としてあの方の親代わりをしますわ」

「……親代わり⁉」

どうしてそんなことを言い出すのか、さっぱり理由が分からない。けれど女官長はサリカの戸惑いを気にせずに話を続けた。

「安心なさってサリカさん。お父上が商家の方とはいえ、貴方《あなた》はイレーシュ辺境伯家に連なる方。ご結婚ともなればお祖父様にもご紹介しなくてはならないでしょう？　けれど異国からご両親を呼ぶわけにもまいりませんでしょうし。なので私が後見人となって、婚約の手助けをしますわ」

ところでお式はいつのつもりなの？　と女官長は尋ねてくる。

ようするに、女官長はロアルドとサリカをくっつけるのを諦め、さっさとラーシュと結婚させようとしているのだ。

結婚するなら誰でもいいようだ。これにはサリカも驚いた。本気で、行き遅れ志望なサリカを片付けようと、躍起《やっき》になっているだけなのかもしれないと思えてくる。

しかし女官長への疑いが薄れたところで、サリカに結婚するつもりはないので、婚約式の衣装について滔々《とうとう》と語る気が早い女官長を止める。

「あの、女官長様。わたしたちはまだ、結婚の話まではしていないのです」

そもそもが嘘《うそ》なので、結婚どころか付き合ってすらいないのだが、それは秘密である。サリカの言葉を聞いた女官長は目を瞬《またた》いた。

「まぁ……その。本当に？　でもあんなに親密だったのに？」

親密と言われることには反論できない。ラーシュがお姫様抱っこという過剰表現をしたのは、サリカを強引に連れ出すためだ。

正直にそんなことを話せば、女官長は再びロアルドのことを推《お》してくるだろう。

女官長が趣味で仲人《なこうど》をするのはさておき、いまだにロアルドが同調している理由が、サリカには理解できなかった。女官長の仲人好きに乗じて、何かたくらんでいる可能性も残っているので、慎重に理由をひねりだす。

「ええと、ラーシュとは知り合ったばかりで……その、以前申し上げた通りにわたしも仕事が好きなわけですし。なので、あちらにその気はあるみたいなのですけれど、わたしが待ってもらっている状態なのです」

話しながら、サリカはそろそろ時間が気になっていた。

エルデリックは待っていると言ってくれたけれど、全員が揃《そろ》っているのにサリカが来ないかとぐずぐずしていては、王子がごねて出発が遅れたことにされてしまう。エルデリックの名誉が傷つかないよう、急いで集合場所へ向かいたい。

「それではすみません、出発の時間が迫っておりますので」

サリカは女官長に頭を下げて、その場を辞した。

◇◇◇

慌《あわ》てて出て行くサリカを、女官長は引き留めたりはしなかった。

一人きりになった部屋の中で、女官長の顔から、はりついていた笑みが抜け落ちる。

女官長は考えていた。

どうやらサリカは、ラーシュと一緒になる気はあるらしい。けれど『ゆくゆくは』では困るのだ。今すぐ決めてもらわなくてはならない。早急にサリカが婚約をして、確実に王子妃選びに影響を与えない存在になることが重要だった。

「ラーシュ様を焚《た》きつけることは、できないかしら……」

しかし結婚を自分達で納得して引き延ばすことにしている以上、少し急《せ》かした程度では結婚を早めてはくれないだろう。

とはいえ、これ以上時間をかけるわけにはいかない。少なくとも今週中に結果を出せなければ、サリカが危うくなる。

「やはりあちらに頼むしかないわね……」

つぶやいた女官長は、執務机の引き出しから便せんを取り出す。

そして短い手紙を綴《つづ》り、ある人物へと届けさせたのだった。

◇◇◇

猛然と王宮の廊下を走り、エルデリックと一緒の馬車に乗り込んだサリカは、王都郊外の幽《ゆう》水史跡《すいしせき》へと向かった。

史跡がある場所は、ぱっと見、何の変哲もない草原が広がる小さな丘だ。

変わったところといえば、ゆるやかな勾配《こうばい》をもつ丘の上に、崩れた建物らしき石組みの跡があるだけ。それを囲むように風雨で模様も削り取られた石柱が、かろうじて屋根を支えている。

けれどこの史跡はただの昔の建築物ではない。

春にしては少し肌寒い日だったおかげか、幽水と呼ばれた理由がはっきりと見える。

ふわりと、石組みに囲まれた井戸から湧《わ》き上がる白い湯気。それがやんわりと崩れた場所から漏《も》れ出し、床へと流れていき、空気の中に溶けていく。

水のように見えるけれど、湯気なので実体はない。

これが幽水と呼ばれる所以《ゆえん》であり、遙《はる》か昔、王都の西に誰が掘ったのか分からない温泉の湧き出し口でもあった。

周囲は温かな水が湧くため、作物も長い期間育てやすい。そして湯が湧くおかげで、人間も暮らしやすい場所だった。

「わ、本当に湯気が出てる」

《サリカ、さっき自分で説明してたのに驚いてるの？》

実際に目にできたことにサリカが驚いていると、エルデリックにくすくすと笑われた。

エルデリックが自室以外で笑い声を立てるのは珍しいことだった。いつも笑顔を浮かべてはいても、声を出して笑うことは少ないのだ。

添ってきた少年少女達は初めてエルデリックの笑い声を聞いたのだろう、エルデリックを信じられない、というような表情で見ていた。

「殿下、お声が……？」

伝信事業を任されている家の少年が、おずおずと話しかける。しかしエルデリックは苦笑いして首を横に振るしかない。だからサリカが少年に近寄って囁《ささや》いた。

「デアーク様、殿下は言葉にできないだけなので、笑い声でしたら少しは出せるのですわ」

サリカの言葉に、デアーク少年は納得したようにうなずいた。

「失礼いたしました殿下。わたくしの願望が、つい口から出てしまったようです」

デアークの謝罪を、エルデリックはうなずいて受け入れる。

けれどそれだけではデアークが、真実心から許されたかどうか分からないだろうと考えたのだろう。エルデリックは彼の手を握ると、一緒に行こうと引っぱっていく。するとデアークの頬からも緊張のこわばりが解けた。

少年二人が先頭に立って進んでいく後から、少し離れてサリカもついていく。

しかし子供達の側にいると、二・三歩進んだところでスカートの裾が掴《つか》まれたように身動きしにくくなり、その場で転びかけることが何度かあった。

（誰だろ……）

年下の少年少女が六人、常に自分の周囲をくるくると歩き回っている上、その世話をやく召使い達も間近にいるので特定できない。あちこち動く子供達を見ていたら、サリカは目が回ってきた上、誰が身につけていたのかやたら甘い香水の匂いに気持ち悪くなってきた。

そんなサリカの様子に気づいたのはエルデリックだった。

《サリカ、少し休んでて？》

心配そうな表情で言いながら、エルデリックはサリカの手を握ってくる。

《でも、殿下のおそばにいると言って来たのは、わたしですから》

《大丈夫。みんな僕のことは大分慣れてくれているし》

引く様子がないエルデリックに、サリカは甘えることにした。

その場を離れたところに停まっている馬車へ向かっていると、王宮からついてきた召使いの一人が「大丈夫ですか？」とサリカの腕を支えるように触れてきた。

「ちょっと疲れたみたいで。馬車の中で休ませてもらいたいの」

「それなら、こちらの馬車をお使い下さい」

召使いが案内してくれたのは、乗ってきたものとは別の馬車だ。休むためにエルデリック用の馬車を使いたくないと思っていたので、サリカは有り難く乗り込ませてもらう。

そうして座席に座って一息ついた時だった。

「え⁉」

なぜか召使いも一緒に乗り、扉を後ろ手に閉めた。さらに隠し持っていたナイフをサリカに突きつけてくる。

目を見開くサリカの前で、召使いは「出して！」と外に声をかけ、馬車が動き始めた。

「待って、止めて！」

サリカが頼んでも、召使いの女はうなずいてくれない。サリカの呼びかけは聞こえているはずなのに、御者も全く速度を落とそうとはしない。

ガラガラと車輪がむき出しの土の上を回る音と震動の中、召使いが一方的に告げた。

「この先に少し深い谷があるわ。貴方にはそこから落ちて死んでもらう」

未来の死因を説明され、サリカはしばらく呆然《ぼうぜん》とした。

がたんと馬車が跳ねると同時に自分の腰も浮いたことで、はっと我に返る。

「どうして⁉　なんでわたしを殺そうとするの？　貴方は一体……」

召使いは答えてはくれない。

その間にも馬車が少し斜めに傾《かし》いで、坂道を登り始めたことに気づく。ここへ来る途中の道を王都の方向へ戻っているのなら、そんなキツイ傾斜はなかったはずだ。

けれど道を奥へ進んでいるのなら、山間の峠《とうげ》を通ることになる。峠を越えたところには宿場町があるが、そこまで他は何もない。助けを呼んでも、誰にも気づかれない場所なのだ。

だったら……と、サリカはラーシュを呼ぼうとした。けれど思い留まる。

身元がはっきりしているはずの召使いが、刃を向けてきているのだ。ラーシュを呼び寄せた後で周囲が手薄になったことで、エルデリックが誰かに襲撃される可能性もある。

エルデリックに万が一のことが起きる方が怖くて、サリカは一人で解決することにした。

召使いを眠らせるために、すっと心を精神世界に繋《つな》げる。ラーシュとの練習がよかったのか、目を閉じなくても召使いの心に触れることはできた。

ただし相手はこちらに隔意《かくい》がある人物だ。呼びかけても、迎え入れてくれるわけがない。

透明な蓋を打ち破る勢いで無理やり手を突っ込むと、心に侵入された召使いが、喉の奥で悲鳴を上げ、彼女の心の声がサリカの脳裏に響く。

《この娘さえ殺せば、うちの子を返してくれるって言ってたけど、なにこれ怖い！　嫌っ！》

子供を人質にとられたらしいが、事情を聞こうにも、力は使ってしまった後だった。

召使いは心に侵入された感覚に怯《おび》えながら、くたりと倒れ伏してしまう。もう一度起こしてもいいのだが、もみ合って勝てる自信は無いしそんな暇も無い。

他の人間も眠らせようと考えたサリカだったが、叫び声に我に返った。

「おい、女が倒れてるぞ！」

「どうした⁉」

「一緒に乗ってた召使いが倒れてる！」

御者席にいた男達が中を覗き込み、召使いが倒れているのを見つけられてしまった。すぐに御者と会話が出来る小窓から、衛兵の服を着た男がサリカに弓矢の先を向ける。

「おい、傷つけたら偽装が……」

「何も持ってないはずなのに女がやられてるんだ、毒でも持っていたのかもしれねぇ。先に殺《や》っておかないと、こっちが殺されちまう！」

「待て、もうちょっとで崖だ！」

おそらく手綱を持っているだろう男に説得されても、もう一人は矢を引っ込めない。サリカに向かって容赦なく射る。とっさにサリカはその場に倒れ伏した。

「いっ……！」

サリカは矢をかわしきれなかった。腕を矢がかすめ、痛みに思わず叫び声を上げる。

痛みで気が散って、とても能力を使うどころではない。

サリカは殺されるかもしれない恐怖に、うずくまって震える。

「それ以上はやめておけ！　事故に偽装できなきゃ報酬がもらえんだろうが！」

御者だろう、低い声の男が弓の男を叱咤《しった》した。

げ落ちた。

「もう降りるぞ！」

馬車が速度を緩め、御者席から人が降りていく物音がした。

ここで逃げなければ、死んでしまう。その一心で、サリカは馬車の扉に体当たりして外に転

「くそっ、戻れ！」

弓を持っていた男が、剣を抜いてサリカを脅《おど》す。けれど転がり落ちた時に打った膝《ひざ》が痛くて、サリカは上手く立ち上がれなかった。

追い詰められて恐怖にかられたサリカは、思わずぎゅっと目を閉じて叫ぶ。無差別に能力を使ったことで、悲鳴が彼らの脳裏に響いた。

「うわっ」

「ぎゃっ！」

男二人が耳を塞《ふさ》いだ。

しかしサリカもそれで精いっぱいだった。もう諦《あきら》めるしかないと思ったその時。

――サリカ！

声が聞こえた気がした。

思わず振り向いたサリカは、崖になったその下。蛇行した坂道が林の隙間から垣間《かいま》見える場所に、走る騎馬を見つけた。

けれど騎影はまだ小さく、追いかけてくるには遠すぎてサリカは絶望的な気持ちになる。

「気づかれたのか？」

「早くとりあえずこの娘を谷に放り込め！　それから馬車を落とせばいい」

サリカが振り返ったせいで、衛兵達もラーシュの姿に気づいてしまった。彼らはラーシュがやってくる前にと、彼女を持ち上げて谷へ向かって歩き出す。

いくらなんでも、間に合わない。このまま自分は谷に落とされるのだろう。

ラーシュがせっかく来てくれたのにと、唇をかみしめたサリカは、その時不思議と彼の声がはっきりと聞こえた。

――命じろ、サリカ！

木立の向こうに隠れたラーシュの姿は見えない。けれど反射的に願いを声にした。

「ラーシュ、助けて……」

緊張で震え、とても彼には届かないような声。それでも目を閉じ、慣れ始めた彼の心に伝えた瞬間だった。

彼はまるで風そのもののように、崖を駆け上がってきた。

ほんの一呼吸で顔が見える距離まで近づいたラーシュに、衛兵達は慌ててサリカを崖下へ放り投げた。

「…………っ」

サリカは呼吸を止める。

叫んでいいのか、泣いていいのか分からない気持ちの後、落下する感覚に背筋が凍った。

ラーシュが名前を呼ぶ声が聞こえる。

口を動かすことすらできずにいたサリカは、唐突に何かにぶつかった。

背中を受け止めたものは、堅い地面でも、木の枝でもない。サリカを抱き込んで守ってくれたラーシュの腕だった。

ほっとしかけたサリカは、自分を抱えたまま崖上まで駆け上るラーシュに驚いた。

とても普通の人間にできることではない。

サリカを受け止めるラーシュの姿を見ていたのだろう。崖の上に戻れば、呆然としていた衛兵姿の男達が、泡を食って馬車に乗り込み逃げだそうとしていた。

ラーシュは彼らを追いかける。

走り出した馬車にすぐ追いつき、サリカを肩に担ぎ上げ、抜き放った剣を一閃《いっせん》した。

馬車の車輪が一つ壊れる。

曲がり角にさしかかっていた馬車は、傾いて横倒しになった。

走り始めていた勢いのまま地面を滑り——サリカは思わず目を閉じた。

けれどそれでは足りない。自分の顔を覆《おお》いたい。耳を塞ぎたい。でも腕が震えて持ち上がらない。だからすがるように、ラーシュの服の肩口を握りしめた。

やがてラーシュが剣を収め、サリカを地面に降ろした。

「……無事か？」

サリカを見つめるラーシュの表情は、少しだけ焦《あせ》りが滲《にじ》んでいる。

今はもう正気に戻っているのだ。

ほっとすると、がちがちと歯を鳴らしてサリカの体が震え始める。でも自分が、何に怯えているのかサリカには分からなかった。

殺されかけたことなのか。

自分の声一つで豹変《ひょうへん》し、敵を谷底へ落としたラーシュに対してなのか。

ラーシュにそんなことをさせてしまった、自分が恐ろしいのか。

そんなサリカに、ラーシュは静かに語りかけてきた。

「いいかよく聞け。お前、さっき力を使っただろう。俺もその影響を受けて『ありえないこと』を人前でしてみせている」

サリカはうなずいた。

「見た人間が触れ回れば、お前や俺が隠してきたことがバレて、お前が死神の血縁だと知られることになる。そうなれば、今まで通りの生活はできなくなるだろう」

だから、とラーシュは言った。

「俺たちは自分を守っただけだ。同じようなことがあれば、俺はお前の命令する声がなくとも、相手を殺しただろう。だから罪悪感に苛《さいな》まれる必要はない。これは先にお前を殺そうとした奴らが悪かったんだ」

「うん……」

理由は分かっている。納得もできるのだ。能力のことが隠せなくなれば、サリカは家族をも危険にさらしてしまうことになる。

でも体の震えを止められない。

ラーシュが指笛を吹いた。やがて乗り捨てた馬がやってきたので、彼はサリカを馬に乗せようとした。

が、サリカの手はラーシュの服を握りしめたまま、離せなくなっていた。

困ったようにその手を見下ろしていたラーシュは、迷惑に思っているだろうとサリカは考えていた。きっと強く引っ張れば、手から布は抜き取れるはずだ。ラーシュならそうするだろうと思ったのに。

ラーシュはふわりとサリカを抱きしめてくれた。

頭まで覆うように腕と手のひらで抱えられて、サリカは閉じ込められる感覚に、ゆるりと自分の心に安堵《あんど》が広がるのを感じる。けれど、戸惑う。

「え、あの……ラーシュ？」

どうしてこんな、慰めてくれるようなことをするのだろう。

「お前が、人を殺すことを『怖い』と思う奴で良かったよ」

ラーシュは、問いかけた言葉の返事になっているのか分からないことを言う。

「怖いなら、しばらくこうしておけ。怒らないから」

「……うん」

よく理解できなかったけれど、どうやらラーシュは、他人の心を操る能力を持っている人間は、人を簡単に殺そうとすると思っていたのだろう。

サリカがそうではないことが分かって、ほっとして——だからこんな風に慰めてくれているのではないだろうか。

それが理由だったとしても、甘やかしてくれるこの腕から離れたくはなかった。

◇◇◇

サリカの怪我《けが》は軽いものだった。

ラーシュが応急手当をした時に消毒をしたのだが、清潔とはいえない鏃《やじり》で傷ついたので、熱を持って少し腫《は》れて痛みがひどくなったくらいだ。

しかし王宮に戻って医師の治療を受けた直後に飛び込んできた女官長は、ティエリやハウファが引くほど、サリカの怪我に驚いていた。

「嫁入り前の女の子が傷だなんて！　あああぁぁぁあ！」

ひとしきり悲鳴を上げた後で、女官長はサリカにしばらく王宮内から出ないようにと厳命した上、ラーシュにもしっかりとサリカを見張るようにと言い、王子の前を辞した。

ラーシュはエルデリックに勧められて、居室のソファに座ったサリカを見る。

サリカは、言われずともしばらくどこかへ出ることはないだろうと分かる状態だった。青い顔をして、常に視線は下に向き、女官が出したお茶にも手をつけていない。

殺されかけた恐怖と同時に、おそらくは自分の身を守るために複数の人間が死んでしまったことに、衝撃を受けたのだろうとラーシュは考えていた。

恐怖が勝《まさ》っているなら、彼女にとって最高の癒《いや》しになるエルデリックが隣に座っているのに、サリカが抱きつかないはずが無い。

そもそも彼女は、馬車が落ちていくのを見た後で深く衝撃を受けていたのだから。

思えば、初めてサリカの声に操られた時も、彼女は死にかけたというのに気丈な様子だったのを、ラーシュは思い出す。

そこから考えられるのは、狙われた経験はあるが、誰かを殺したことは無かった、ということではないだろうか。

サリカを見ながら、ラーシュは心に鈍《にぶ》く刺さるような痛みを感じていた。

ラーシュとて油断していたのだ。周囲を固めるのは、王宮から連れてきた騎士や衛兵ばかり。

召使いも身元がはっきりしていた者のはず。彼らと完全に離れなければ大丈夫だと、サリカが思っても仕方がない。

彼女が乗った馬車が突然移動したのを見ていなければ、どうなっていたことか。

とんだ失態だった。そのせいで……悔しくて、こんな遣《や》る瀬《せ》無《な》い気持ちになるのだろう。

サリカの無事な様子に安心したらしいエルデリックは、彼女にもう部屋に下がるように言う。

彼女も素直にうなずいて、王子の部屋から退出した。

ラーシュは万が一のためと思いながら、サリカについていく。

サリカ専用にしてしまっている控《ひか》えの部屋は、すぐ隣だと分かってはいるのだが、目の前で連れ去られてしまったせいなのか、きちんと見送るまで安心できない気がしたのだ。

部屋の前に立ったサリカは、後をついてきたラーシュにぽつりと言った。

「……ごめんね、ラーシュ」

ラーシュは首をかしげる。

「お前の場合俺に謝る理由がありすぎて、どれのことか分からないんだが……」

素直にそう言うと、サリカは小さく笑った。

「代わりに……殺させたようなものでしょ。嫌だったろうな、と思ったの」

その言葉に、ラーシュは意表をつかれた。

「まさかお前、自分が命じたせいで俺に人を殺させたと思っているのか」

驚いてそう尋ねれば、だってそうでしょう？　と不思議そうにラーシュを見上げてくる。

「もうあんなことないように、狙われにくいようにするから……」

それはラーシュの手を煩《わずら》わせたからというのと同時に、サリカの代わりに誰かを殺させないようにする、という意味だ。

その言葉にラーシュは呆然とし、彼の返事を待たずに部屋の中に入るサリカを、そのまま見送ってしまった。

「まいったな……」

思わず独り言を漏らし、ラーシュは自分の口を手で覆う。

驚きと共に感じたのは、妙に嬉《うれ》しい気持ちだ。

昔、ラーシュを操っていた人間は、自分の気にくわない相手を殺させるため、人間離れした力を発揮するラーシュを暗殺者のように扱った。

それもあって、ラーシュの伯父は彼を操っていた相手から引き離し、国外に脱出させたのだ。けれど彼はもう、人を殺すことを不愉快だという程度にしか感じなくなっていたので……ラーシュの伯父が自分を可哀想だと泣いたのも、大げさだと思っていたのだ。

——あの人とは違う。

はっきりと違いが示されただけで、コトリと心が動くのを感じた。

それと同時に、サリカが辛《つら》そうにしている姿に嬉しいと思う自分が、とても歪《ゆが》んでいるような気がしていた。

◇◇◇

「どうしたらいいのかしら、どうしましょうお義姉《ねえ》様。捜査の手が私達にまで伸びたら」

コザ地区にほど近い小さな館の中で、明るい色の髪を結い上げた女性が、泣きそうな顔で目の前の女性にすがりついていた。

すがりつかれている女官長は、口を引き結ぶ。この状態では、聞きたいことを言わせるのに一苦労しそうだ。

サリカが殺されかけた件について抗議するために来てみれば、義妹のマリアは自分達の密売が王に露見しそうだと言って、怯えてまともに話もできなかったのだ。

どうも、王宮で捕まっていた暗殺者から情報が漏れ、捜査が行われているらしい。

「仕方ありませんわ。失敗した男も、その男を使った者も詰めが甘かったのでしょう。だからそのような手を打つべきではないと言いましたのに、マリア様」

厳しい言葉を聞いたマリアは、みるみるうちに目の縁に涙を浮かび上がらせた。マリアがドレスを握りしめながらうつむくと、毛足の深い緑の絨毯《じゅうたん》の上に、二しずくの涙が落ちて吸い込まれる。

「それよりも貴方の夫はどちら？　私、今日はセネシュ伯に言いたいことが……」

女官長がマリアから聞きだそうとしたところで、二人の男が部屋へ入ってきた。

一人はマリアの夫、尚書府《しょうしょふ》に所属しているセネシュ伯爵だ。もう一人は厳《いか》つい体格が人を威圧するような壮年の男だ。まだ五十代だと聞いたのだが、髪は既《すで》に白くなっている。

「さぁ落ち着きなさいマリア。大丈夫だよ」

伯爵は自分の妻を慰め、肩を抱きしめるようにしてソファへと連れて行く。向かい合う席にはもう一人の男が座ったが、女官長は座る気にはなれなかった。

自分は本来なら部外者だったという気持ちがあるからだ。

どうして私は巻き込まれたのだろう、と女官長は心の中でため息をついた。

最初は、夫からの頼みだった。

別宅に愛人を囲い、普段から本宅にも帰ってこない夫。当然子供もできず、愛人の子を養子に迎えるしかなかった女官長は、最低限の教育をする以上には関わるのが辛くて、女官という仕事に逃げていた。

女官長は傷ついていたのだ。家同士の約束で結婚したとはいえ、自分を顧《かえり》みない夫に。

けれどある日その夫が、珍しく女官長に微笑みかけて言ったのだ。

——頼みがあるんだ。妹を助けてやってくれないか——

夫の妹とは上手くやっていると女官長は思っていたし、頼みを聞けば夫が自分に感謝の念くらいは抱いてくれるのではないか、と思ってしまったのだ。

しかし夫の妹マリアから話を聞いてみれば、そんな簡単なことではなかった。

「私のヨランダが、王子の花嫁になれると思っただけなのに」

マリアの言葉に、女官長の眉間にうっすらとしわが刻まれる。

心を込めて仕えた亡き王妃の忘れ形見、王国唯一の世継ぎの花嫁になることを、そんな風に軽く思って欲しくはなかった。

けれどマリアがそんな願望を持つのも無理はなかった。

セネシュ伯爵は辺境地の一画を治め、領地経営を盛り返して力を持ち始めていた。領地を接するステフェンス貴族とも交流を持ち、紛争を抑えていることからも目立つ存在となっているため、王子の『ご学友』にマリアの娘、ヨランダも加えられていたのだ。

だが伯爵の領地経営が盛り返したかに見えたのも、ステフェンス貴族との交流も、全て忌々《いまいま》しい麻薬の売買によってもたらされた富に由来していた。

それを王家にかぎつけられてもいいように、彼らは物言えぬ王子の妃《きさき》に娘を据え、王子が話せないことを盾にとって操ろうと考えていたのだ。

まだ十二歳の王子になんてことを、とは女官長も思う。

けれど女官長自身も、結局は荷担せざるをえなかった。自分を顧みない夫もまた、妹夫婦からの甘い汁をすすっていたことが分かったからだ。ことが露見すれば、女官長も唯一の誇りである仕事を失う。そう考えれば、協力するしかなかった。

「それで、セネシュ伯爵。まずは女官を殺そうとした男の告白から、殺害を指示した男のことが漏れた件についてお伺いしたいですわね。その男は捕まったのですか？」

状況を知りたくてセネシュ伯爵に尋ねたのだが、返事をしたのは伯爵の友人の方だった。

「私たちがその動きを知った時には、まだ捕まってはいなかったようですな。今頃は見つかっているでしょうが、問題はありませんよゾフィア殿。彼も既に眠りの底。二度と誰かに語ることはできません」

女官長はセネシュ伯爵の友人の心の底を見通せないかと、目を細めた。

名前は知っている。クリストフェルという名のこの男は、セネシュ伯爵と交流のあるステフェンス商人だということも。けれどそうではあるまい、と女官長は睨《にら》んでいる。

商人にしては粗野さが足りない。その様は、商人というよりも政治に関心があり、中枢《ちゅうすう》に躍《おど》り出たいと手ぐすねを引いている貴族を連想させる。

彼はステフェンス貴族かもしれないと思った女官長は、警戒していた。

国王を裏切っているこの状況で今さらかもしれないが、他国人の手の上で踊らされるというのは、最後の一線を越えてしまうような気がして怖かった。

「ゾフィア殿も、効果はご覧になられたでしょう。もちろん、麻薬の売人から足がつくこともない。彼らは直接我々と関わってはおりませんしね」

その言葉に、ほっと肩の力を抜いたのはマリアだ。

「安心いたしましたわ……」

彼女の様子に、セネシュ伯爵も安堵したようだ。

女官長の方は、ほっとしながらも本当に要求したいことについて切り出した。

「それについては分かりましたわ。ただこんな危うい時期に、外出先で女官を暗殺しようなどと目立つことは避けて頂きたいですね。今後あの女官のことは私に任せて頂きます」

その言葉に、クリストフェルは眉の片方を持ち上げる。

「まだ、結婚で取り込もうなどという迂遠《うえん》な方法を、試されるおつもりで？」

「もちろんですわ。結婚してしまえば、あの女官が邪魔にはならなくなりますでしょう。そうしたら、彼女が王子妃候補となることもなくなります」

女官長がサリカ・レイティルド・イレーシュにしつこく見合い結婚をさせようとした理由。

それは、サリカに王子妃候補だという話が持ち上がったせいだ。

王子の幼少時から側付きとなり、王子に最も懐《なつ》かれている女性がサリカだ。

彼女はイレーシュ辺境伯の孫で、祖父の養女という形で王子妃になることもできる。何より、成人を過ぎてもまだ結婚しないのは、王子が結婚可能な年齢になるのを王に待たされているのではないか、という憶測が飛び交っているのだ。

王子の学友として娘を近づけているセネシュ伯爵達は、その噂《うわさ》が無視できずに彼女を消そうとした。王家に取り入って、後ろ暗いことを握り潰すために娘を王妃にしようとしていたのに、サリカがいては邪魔になると思ったためだ。

「私を巻き込んでおいて、事が露見するのは困りますのよ。とにかく私の策の方が確実なのですから、邪魔だけはなさらぬようお願いしたいですわね」

言い捨ててその部屋を立ち去りながら、女官長はつぶやく。

「なんとしてでも、話をまとめないと……」

危機感がないせいなのか、結婚を急いでいないサリカを動かさなければならない。

「でも、もうすぐ適齢期を過ぎるというのに、あの子はなぜ結婚を焦らないのかしら？」

いつも女官長がお見合いをさせている女性達は、適齢期の終わりが近づけばものすごく焦っているものだ。紹介したとたんに、婚約期間をあれこれ理由をこじつけて短縮し、結婚許可に玉璽《ぎょくじ》を押すフェレンツ王を引き気味にさせるような令嬢もいた。

なのにサリカは、いまだにのんびりとしている。

「まだ付き合い始めたばかりで、お付き合い期間を楽しみたいとか？」

でもそれでは困る。

女官長のためにも、サリカには早々に結婚してもらわなければならないのだから。

四章　祝宴には罠がある

王宮の一角に、さらさらと流れるような音が幾重にも静かに響く。

陽の光が差し込む、明るい小広間にやってくる女官達の衣擦《きぬず》れの音だ。

さざ波のような音を作る彼女達の衣服は、どれも贅《ぜい》をこらしたもので、宝石や美しい刺繍《ししゅう》、職人が繊細に仕上げたレースで飾られている。彩りも赤に黄色、緑に青と濃淡もそれぞれで、広間の中は色彩の洪水《こうずい》のようだ。

彼女達は、明日に控《ひか》えた祝宴の準備のために集合していた。

王宮では度々宴が開かれるが、今回はより盛大な宴になる。エルデリックが初めて出席するのだから。

そこで出席する全ての女官の服装に、統一した飾りをつけることが女官長によって発案された。そのため当日着る衣装をまとって指定された部屋へ集合し、順番に装飾を縫い付けるお針子達の列に並ぶことになったのだ。

「殿下の初めての宴とはいえ、これならば本当に華やかになりますわね」

楽し気な様子のハウファが、サリカの腕を掴《つか》んで列に並ぶ。

「あの……ハウファさん、もう逃げませんから……」

サリカが訴えると、ハウファが「そう？」とにっこり微笑《ほほえ》んで腕から手を離してくれる。

「あら、ちょっと赤くなってしまったけれど許してね？　だってサリカさんたら『私は平民だし──』とか『人様の前に出られる顔じゃ──』なんて言ってなかなか準備もしてくれないし、隠れようとするのですもの」

うふふと上品に笑うハウファに、サリカはうなだれた。サリカは例の事件のこともあり、自重しようとしていたのだ。

なにせ真犯人はいまだに捕まっていない。狙われる心当たりも他人に明かせないので、真相解明を命じられた騎士達は頭を抱えているらしい。

事情を聞こうにも、実行犯は谷底に落ちて流されてしまっていた。そのうち二人は遺体で発見されたようだが。

サリカを王宮で襲った男に関連しても、麻薬の売人がことごとく廃人にさせられていたらしい。おかげでサリカが視《み》た老人の情報が得られず、捕まえることができていない。

完全に詰んでいるのだ。

けれどエルデリックが、なぜかサリカのための盛装を用意してきた。

我が子同然なエルデリックからのプレゼントとなれば、受け取らないわけにはいかない。感動半分戸惑い半分のサリカは、夜中に鏡の前でこっそりとドレスを体にあててみて……泣きそうになった。

感動したからではない。本当に着なくちゃだめなのかと、絶望したのだ。

エルデリックが選んだのは、淡い薔薇《ばら》色の長衣だ。深紅を選ばなかったのは、派手すぎると
サリカが嫌がって着ないと考えたのかもしれない。

でもサリカにはこれでも壁が高すぎた。

なまじ普段から地味にしているせいなのか、華やかな服を着るのは不安なのだ。

びくびくするサリカは、着替えにも尻込みし、それを見かねたハウファとティエリに強引に
着替えさせられたのだ。

「その衣装もすごく合っているわよサリカさん。可愛いから、自信を持って？　それにせっか
く殿下がお選びになったのですもの。もっと喜ばなくては」

ハウファは優しく宥《なだ》めてくれるが、サリカはますます気恥ずかしくなる。

小さくなりたいと思いながら広間まで歩いたが、誰もサリカの方に注意を払わなかったし、
鼻で笑われることもなかった。そのおかげで少しずつ不安が薄れて、背筋が伸びていく。

そうしてしゃんと立って歩くようになった頃、お針子の様子を見ていた女官長と会った。

女官長のいつも通り高く結い上げた髪を覆《おお》う紗《しゃ》の布が、ふるりと揺れる。

目を見開いて自分を見る女官長に、何か変だったかとサリカは怯《おび》えたが、

「そ……さ、早く飾り付けをしていきなさい」

怒られるのかと身構えていたサリカは、首をかしげる。とりあえずハウファと共にお針子の前に立ち、腰のあたりに銀刺繍のリボンと真珠の花を縫い付けてもらう。

真珠の飾り紐《ひも》がしゃらりと涼やかな音をたてた。

用事が終わったのでハウファと一緒に戻ったサリカは、廊下の途中で自室へ向かうハウファとは別れた。

そうしてエルデリックの隣にある控《ひか》えの間の扉を開けようとしたところで、歩いてきたラーシュの姿に気づいた。

ラーシュの方は、長い前髪に隠れそうな灰色の目を瞬《また》き、驚いたようにサリカまであと数歩というところで足を止める。

「どうかしたの？」

尋ねたサリカに、ラーシュは夢から覚めた人間のように言った。

「ああ、やっぱりお前だったのか……その服は？」

珍しく小綺麗《こぎれい》な格好をしていたので、目に付いたのだろう。しかもサリカだと分からなかったらしい発言だ。もしかすると、地味な長衣を着せたわら人形を置いておけば、ラーシュなら間違えるんじゃないだろうか。

「明日の祝宴の準備。女官長様の衣装点検と、飾りを統一するとかっていって、女官が全員呼び出されたの」

サリカが美々《びび》しい服を着ている理由が納得できたようだ。うなずいたラーシュが別な質問をしてくる。

「この後、建物の外に出る予定はあるのか？」

「特にないわ。でも、もし出ることがあっても、陛下がブライエルさんを寄越してくれてるし、ラーシュだけに負担を掛けなくても……大丈夫だと思うけど」

あの事件以来、ラーシュはできうる限りサリカの側《そば》にいるようになった。

食事の時間をきちんと取っているのかと心配になるほど。フェレンツ王が王子のためにという名目で、騎士ブライエルを派遣した上、衛兵を増員してくれてからは多少落ち着いたのだが。

だけどサリカも、彼が見える場所にいると安心できた。

サリカの能力の影響を受けてラーシュが発揮する、異常な身体能力のことがあるからだ。

他の人を巻き込めば、自分のせいで怪我《けが》をさせたと苦しくなるが、その能力があるので、ラーシュは怪我すらも負わずにいてくれるだろうという安心感がある。ブライエルよりも気心が知れているということも要因の一つだとは思うが。

さらにラーシュには、別な変化があった。

「そういえばサリカ、もう練習はしなくてもいいのか？」

ラーシュがサリカのことを名前で呼ぶようになった。

「うん、大丈夫になったけど……どうして？」

呼ばれる度に、落ち着かないような気持ちになる。崖の上でのことがサリカの脳裏をよぎるのだ。死ぬのだとそう思った時に、サリカの名前を呼んでくれたラーシュの声を。

必死な声を思い出すと、どこか背中の奥がくすぐられるような気がして、身じろぎしたくなるのはなぜだろう。

「前はあれだけうるさく俺の返事を催促して邪魔ばかりしていたのに、最近は音沙汰がないからと思ってな」

「や、あれは……その……」

能力を少しでも向上させるため、時々サリカは能力を使ってラーシュに話しかけては、協力させていた。……本当は返事をする必要はないのだが、ラーシュのことをからかって遊んでいたのだ。

でもあの事件以来、ぱったりとやめてしまったので心配してくれたのだろう。

どう釈明しようかとサリカは頭の中で必死に考えていたのだが、

「お前のためだ。返事ぐらい、いつでもしてやるからな」

ラーシュはふわりとサリカの頭を一撫《ひとな》でしてエルデリックの部屋へ向かう。

言われたサリカの方は、慌《あわ》てて自分の部屋の中に飛び込んだ。扉を後ろ手に閉めて背中をくっつける。

「………なんだろ、あれ」

ラーシュの心境の変化がよく分からない。全てが急に変わったわけではないけれど、端々に今までにない気遣いを感じるのだ。

「しかもお前のためって」

口説き文句かと思うような台詞を、ラーシュがさらりと口にするのだ。だからといって彼がそれ以上のことを言うわけではないので、無意識なのだと思うが……そんなタラシみたいな真似をする人じゃないと思っていたので、なんだか調子が狂う。

あの時、サリカがあまりに怯えていたのを見て、年下の女の子なのだからと対応を変えたのだろうか？　頭を撫でるところからすると、その推測が一番適当な気もした。

とりあえず疑問は横に置き、サリカは祝宴用の衣装から着替える。

後ろで複雑な形に整えられた帯を解き、長衣を脱いでしわにならないように衣装棚に掛ける。内側に着る絹にレースをふんだんに使った服も脱ぎ、いつも通りの白く派手にならない程度の飾りがついた内着と、紺色の長衣を着たところで、鍵を探す。

いつもは帯の上から腰に巻く細い鎖に、サリカは仕事に必要な分と自室の鍵を付けている。でも祝宴用の衣装に着けて行くのは変だとハウファに言われ、部屋に置いて行ったのだ。

不在の間は、エルデリックの部屋の前に衛兵がいるので、隣のサリカの部屋に、盗みをするような人物は出入りできないと考えていたのだが。

その鍵が見あたらない。変なところに置いたかと部屋の中を探し回ったサリカは、やがて小さな書き物机の上に二つ折りにされた紙片を見つけた。

そんなものを置いた覚えはない。

何はともあれ紙片の中を見た。誰かが部屋に侵入し、鍵と引き替えにサリカへの脅し文句でも書き残したのかと思ったのだが。

「いや、ちょっと。これはないでしょ……」

紙片には、サリカの大切な物を預かったと書いてある。返すので女官長の執務室まで来て欲しいらしい。

一人だけで待っていますと書いてあったので、女官長は同席しないようだ。が、堂々と署名まで書いてきた人物は、一体何を考えてこんなことをしたのか。

「ロアルドさんが……なんで？」

強引にお見合いをさせられそうになった相手、ロアルドの名前が署名されていたのだ。

サリカは早速ラーシュに知らせに行った。誰にも教えるなとは書いてなかったので。

エルデリックの部屋から呼び出したラーシュを引っ張り、サリカは手近な来客用の部屋へ入って紙を見せた。案の定、ラーシュは紙を見て顔をしかめる。

「……この紙は、どこにあった？」

「今わたしが根城にしてる部屋の中。そして鍵が無くなってた」

「おい、それは盗人というか……」

「いや、多分ロアルドさん本人が来たわけじゃないと思うのよ」

サリカがそう考えたのには理由がある。

「あそこは控え室だから、殿下の部屋の横じゃない？　わたしが不在の間、殿下は部屋にいる予定だったし、すると部屋の前には衛兵さんがいたはず。誰の身内でもないロアルドさんが、控え室になんて入れないわ」

身分がどうであろうと、そんなおかしな人間を衛兵が放っておくはずがない。

「衛兵さんが黙って通す人物っていうと、掃除に来た召使いじゃないかなって」

「買収か……」

「もしくは……あの人綺麗だし、たらしこまれちゃったのかも」

しかも用事はささいなものだ。控え室に掃除のふりして入って、無くなったら困りそうな物をとってくるだけ。

あげく紙に盗ったのはロアルドだと署名してあるわけで、罪に問われにくい。

「それにしても女官長のお見合いの件は終わったと思ったのに、一体何だって……。でも鍵は返してもらわなくちゃ困るし」

ため息をつくサリカに、ラーシュが尋ねる。

「一人で行くのか？」

サリカはふるふると首を横に振る。

「だって一人で来い、だなんて書いてないもの」

だからラーシュを呼んだのだと言い、サリカは彼をつれて女官長の執務室へ向かった。

「ま、この部屋で何かあったら真っ先に疑われるのは女官長様だし、万が一のことはないと思うんだけど」

危害を加えられるようなことにでもなれば、フェレンツ王によって襲撃者を手引きした疑いをもたれるだろうロアルドと、彼に部屋を貸した女官長は断罪されるに違いない。

「もう一つ可能性があるだろ。もし部屋にロアルドもしくは他の誰かの死体でも転がっていたら、お前が殺したと言いがかりをつけられる」

ラーシュは、冤罪《えんざい》で王宮を追われる可能性があると言いたいらしい。

うなずいたサリカは、扉を開ける前に中にいる人間の心を読み取ることにした。これで死体が転がっていると分かれば、扉を開けずに女官長を呼びにいくつもりだったのだが。

「……生きてるし、ロアルドさん一人だけだ……と思う」

扉の外からという至近で間違うことは、たぶんない。視た内容を告げると、ラーシュが意を決したように扉に手をかけた。

「一応念のためだ」

そう言って、サリカを三歩ほど遠ざけてから扉を開いたラーシュは……。

ばたん、とすぐに閉じた。

その表情が、目を見開いたまま固まっていた。腐ったタマネギを入れていた木箱を、うっかり開けてしまったかのような扱いだ。

「え、ちょっと待って、一体何？　何だったの⁉」

腐ったタマネギ並みの何かがあるのだ。でもそこにいるのはロアルドだけ。一体何がどうなっているのか。しかも鍵を返してもらうために、サリカは絶対にここを開けなければならないのだ。

「せめてどうヤバかったのか教えて、ラーシュ！」

すると、ぎぎっと音がしそうな動きで振り向いたラーシュが、心底嫌そうに言う。

「いいか……覚悟した方が良いぞ。お前の言動が引き起こした結果だと思うからな」

「え⁉」

「たぶん『かなり』安全だ」

行ってこいとラーシュに背中を押されたサリカは、扉の前で数秒立ち尽くす。

しかし悩んでいてもはじまらないので、サリカは恐る恐る扉を開いた。

最初は薄く開けすぎて、中の様子がよく見えない。

次第に女官長の部屋の右壁、据えられたソファやお茶を置くために使うのだろう、ちょっとしたテーブルという調度品、絨毯と視線を移しながら扉を大きく開いていく。

そうしてロアルドがなかなか見えないなと思っていたサリカは、それを発見し、

「げ！」

と女官らしからぬ言葉を叫んでしまった。

女官長の部屋の中、絨毯の上にロアルドは転がっていた。縄でぐるぐると縛られた状態で。

今のロアルドは、間違いなく近寄っても安全な相手だろうが、正直怖かった。

どうしてこんなことになっているのか。

ぽかーんと口を開けて凝視《ぎょうし》していると、ロアルドがサリカに言った。

「済みませんサリカさん。きっと貴方はお父さんのように吊《つ》り下げられてる姿の方が好ましかったのだと思うけど、そこまでするのは難しかったんだ。これで我慢してくれるかな」

縄で縛られているのはサリカを喜ばせるためだと言って、ロアルドは微笑んだ。

サリカは別に嬉《うれ》しくはない。むしろ今すぐ逃げたかった。

何を好きこのんで、縄で縛られた男と話をしなくてはならないのか。しかもその姿を見ていると、サリカは父親に関する嫌な過去を思い出していたたまれない気持ちになるのだ。

かくいうロアルドも、この姿のまま話すのは恥ずかしかったらしい。

「とりあえず、扉を閉めてもらえるかな？」

言われて、ロアルドの姿が通りすがりの人に見えてしまう危険性に気づいたサリカは、ラーシュと一緒に女官長の部屋に入る。

「………」

だが気まずい。密室にしてしまうと、サリカとラーシュがロアルドをこんな目に遭わせているかのようだ。だけど、縄をほどいていいのかどうかも分からないし触りたくない。

思わずラーシュの方を見る。

これ、なんとかしてほしいと視線で訴えてみるが、ラーシュは首を横に振った。

すごく顔をしかめているので、ラーシュもできれば今すぐ排除したいのだろう。それができないのは、サリカのせいだ。

結果、ロアルドは放置したままになる。

微妙な空気を感じているはずなのに、ロアルドが笑顔で尋ねてきた。

「この格好で、少しは私に対しての印象は良くなってくれたのでしょうか？」

「う……」

サリカは、間違っても気持ちが悪いとは言えなかった。ラーシュのことを「父のように好ましく思ってる」と嘘をついたことがバレてしまうからだ。

けれどロアルドは、感想を聞きたそうにサリカを見つめてくる。

期待の眼差《まなざ》しに、目をそらしそうになりながらサリカは言った。

「素敵ですけれど、もうちょっと逃げ出せそうな緩さが感じられると、理想的かなって」

大変苦しい嘘をついたせいで、心が痛い。そんな彼女に、ロアルドはさらなる責め苦を追加してきた。

「では、ぜひ見本をお願いできませんか？　後学のためにも。いつも騎士殿になさっているような感じでいいのですが」
縄ならあちらに、とロアルドに顔の動きで示される。ソファの上に、長い縄が準備してあった。隣にいたラーシュの表情が、絶望に染まる。
《ちょっ、お願いだから馬鹿正直に顔に出さないで！》
思わず能力でラーシュに話しかける。もちろん命令にならないように調節をしながら。するとラーシュは非常に恨みがましい目になる。
《お前が突発的にあんなことを言うからだろ……》
《そうは言ったって、口から出ちゃったものはもう戻しようがないでしょ》
サリカの答えに、ぐっと、何かを堪《こら》えるように目を閉じたラーシュは、心の中で言った。
《仕方ない。黙っていても疑われるだけだ……。予定通り、最終手段を使え》
ラーシュの言葉に、サリカは唾を飲みこむ。
練習で父を操って、おかしな動きをさせたことならあるが、あれは喜んでいる相手だったからこそ楽にできたのだ。わざと嫌がることをさせるのだと思うと、サリカはもう泣いて謝りたい気分になってしまう。
うう、とサリカは小さく呻《うめ》いた。目に涙も浮かんでくる。
これをやってしまったら、生涯ラーシュに変態扱いされるのではないか。そんなことを心配していたら、ラーシュに思いがけない爆弾を落とされた。

《安心しろ。お前は元から変態だ》

サリカは目の前が真っ暗になった。

崖の一件で心の底から彼を理解者だと認識するようになっていたのに、どうやらラーシュの方はサリカを誤解しているらしい。

絶望感に浸《ひた》っていたサリカを、ラーシュが叱咤《しった》する。

《早くしろ。疑われたらお前、結婚させられるんだぞ?》

その言葉に動かされ、サリカは泣く泣くラーシュに命じた。

「ラーシュ、縄でわたしに縛られなさい」

やけくそでサリカが声に出しながら命令すると、能力に影響されてラーシュの表情がふっと抜け落ちる。その場に跪《ひざまず》いて彼は応えた。

「お望みのままに、我が主よ」

「……あるじ?」

ロアルドが不思議そうにしているが、これ以上嘘の説明を重ねて自分の首をしめたくなかったので、無視することにする。

自ら縄を持ってきたラーシュから、サリカは縄を受け取った。自分も変態に一歩近づくのかと思うと情けなさに震える手で、ラーシュにぐるぐると縄を巻きつけていく。

やがて無表情のラーシュは、紐でくくりすぎたハムのような姿になった。

乱雑な巻き付け方からして、あきらかにやっつけ仕事だ。けれどサリカは心の中で涙を流しつつ「この荒い感じがいいんです」とうそぶいた。

「ところでロアルドさん。わたしの部屋から盗んだ物を返してもらいに来たのですが……」

「ええ、私がそう書いて呼び出したのですからね。お返ししますよ」

あっさりとそう答えたロアルドだったが、交換条件を提示してきた。

「けれど一つだけ、お約束を頂きたいのです。お約束を頂ければ、すぐに鍵のありかをお教えしますよ」

「約束……ってどういうものですか？」

警戒するサリカに、ロアルドは言った。

「明日の祝宴で、一曲踊って下さればいいのです」

「そんなことのために、こんな呼び出し方を？」

「お約束しないと、貴方が祝宴から早々に逃げてしまわれるのではないか、と叔母である女官長から聞きましたて」

あいかわらずサリカの行動を良く分かっている女官長である。

それに、とロアルドは続けた。

「最近は、貴方においそれと近づけなくなりましたから。……殺されかけたと聞きましたので、それも無理はないと思いますが。そこでこんな形ではありますが、少しでも貴方に私が危害を与えないことを分かってもらった上で、お話ししようと思ったのですよ」

「そう……ですか」

サリカは肩の力を抜いた。どうやら無理難題や、お見合いの話を再燃させようというわけではないらしい。

「そんなことでいいなら……一曲、お相手いたします」

サリカの答えに満足げな笑みを見せたロアルドは、縄に縛られたまま後ろ手に握った鍵を返してくれた。

鍵を手に入れてしまえば、もうここに用はない。

サリカは急いでラーシュの縄をほどき、二人して女官長の部屋を立ち去った。

そのまま少し離れた空き部屋に飛び込んだ。

すぐにサリカはラーシュの前に跪き、両手を組み合わせたところに額をくっつけるように頭を下げた。

「大変申し訳ございませんでした、ラーシュ様」

サリカはラーシュに懺悔《ざんげ》した。彼はサリカの口からでまかせで、縄で縛られるのが趣味と思われてしまっている上、実演までさせられたのだから。

人間、縛られて喜ぶ者はそうそういない。

よって縄で縛られれば、傷つく。しかも人前で、自分が縛られるのが好きだと思われてしまっては、なおさらだろう。これは謝罪するしかないとサリカは思ったのだ。

「いや……もういい」

ラーシュは深くため息をついた。

「今回『あっち』も……お前の父親の真似をしたわけだし、おそらくは余所《よそ》に漏《も》らすということはないだろう。ロアルドという奴も、恥ずかしいとは思ってるだろうからな。でなければ女官長の部屋でひっそり簀巻《すま》きになっているわけもない。とりあえず、これ以上広まらなければいいとする」

吐き出すように理由を語ったラーシュは、最後に付け加えた。

「それよりサリカ、お前があの変態行為を実行できる相手に嫁ぐことにならなくて、本当に良かった」

「え、心配してくれるの？　ありが……」

「俺を変態だと思ってる相手とお前が、一生関わることになってみろ。またあんな真似をさせられる可能性も、あんな変態状態を見せられる可能性も高くなる。それはさすがにな」

お礼を言おうとしたサリカだったが、ラーシュが心配していたのは、自身が変態と関わりたくないからだった。

ちょっとがっかりしたサリカは、肩を落とす。

「いや……まぁ、わたしもあんなのはもう見たくないけど」

父親のは見慣れてしまったので、帰省した際は『これは病気なんだ』と生ぬるく笑うだけで済ませられる。だがマトモだと思った相手があんな格好をしている様は、サリカにとっても衝撃的だったのだ。

サリカは一瞬遠い目になる。

「お見合い、回避できて良かったわ。あと……この変態の噂にまで付き合うのはさすがに陛下の命令外だろうし、何かこう、心が穏やかになれそうなお詫《わ》びの品でも、後日差し上げたいと思いますので。これにて先ほどの屈辱的状況については、お許し頂けましたら幸いです……」

しみじみと言えば、ラーシュがそれならば、と言った。

「物はもらっても邪魔になると困るからな。お前が何か一つ俺の言うことを聞くということで、手を打とう」

重々しい口調で告げられた要求に、サリカはなんだか怖い気がしたが、ここはうなずくしかない。いつもサリカのせいで、苦行を課されているのはラーシュなのだ。

サリカの方がたまに言うことを聞くぐらいは、あってもいいだろう。

なのでラーシュの提案を受け入れたのだった。

◇◇◇

そんな衝撃的な事件があった翌日は、祝宴の日だ。

エルデリックに贈られた衣装を着たサリカは、一緒に着替えをしたティエリによって、鏡台の前に座らされた。

ティエリの手は、化粧道具を握っている。

かといって、改造かと思うほど化粧をすることはない。

バルタの女性の化粧は薄いのだ。

一年の半分近くを占める冬の間、外に出れば吹き付ける雪であっという間に落ちてしまうので、到着した先で整えられるような薄い化粧をほどこすのがバルタの慣習だ。

肌の美しさとか、生まれながらの美貌がないと不利になる文化ではあるけれど、結婚願望のないサリカは悔しがったことはない。

今日もほとんど何もしないつもりだったのだが。

「え、ティエリってばそんなのいらないよ！」

ティエリが運んできた箱の中から取り出したのは、金の髪飾りだ。しかしティエリには笑顔で拒否された。

「だめよサリカ。こういうので髪とめておかないと、生花が綺麗に飾れないじゃないの」

冬が長いバルタでは、春から秋にかけてはなるべく生花を飾りに使う。この髪飾りは、生花を挿す金具をつけられるようになっているらしい。

「殿下のご命令なんだからね～大人しくしててちょうだい～」

頭の向きをぐいっと直され、上半分だけをねじったり編んだりして結われた髪に、何本かの金の髪飾りがつけられる。さらに花を挿された。

サリカは鏡で飾り立てられる様子を見ながら、びくびくとしているしかない。

「え、もうちょっと淡い色の花の方が……」

物言いをつけてみると、さすがに淡い色の花を足してくれたが、深紅の花は外してくれなかった。派手さが減ってくれないのでサリカはうろたえる。

次に唇に淡く紅が刷《は》かれ、頬紅を薄くのせられる。

そうすると、浮いているように見えた華麗な花と自分の顔が、なんとなく調和がとれた気がしてくる。不思議すぎて、サリカは鏡の中の自分をまじまじと見た。

「どうかしらサリカ。私の腕もまんざらではないでしょ？　それに吹雪や大雨が降ってる外に出るわけじゃないし。王宮の中を移動するだけなら、これぐらいは塗るべきよ」

腰に手をあてて言うティエリに、サリカも今回ばかりはひれ伏すしかなかった。

「まったくその通りで……ティエリ様」

なにせ鏡の中にいたのは、血色のよさそうな、綺麗な花が合うサリカの姿だったのだ。昨日試着した衣装も、確かに昨日以上に色なじみがいい。

「本当に魔法使いのようですティエリ様」

「そうでしょうそうでしょう。じゃ、行くわよ」

まだ鏡を覗いてティエリを賞賛していたサリカは、ティエリに引っぱられるようにしてエルデリックの部屋へ向かった。

そちらでは、先に衣装を整えたハウファが召使い達を監督してエルデリックの着替えを終わらせたところだった。

エルデリックがまとう真珠色の長衣は、金と青の宝石や刺繍で飾られ、まるで湖に輝く日の光を思わせる。肩から掛けた飾り帯は複雑な枝葉の模様と鳥が白の濃淡で織り込まれ、金と青の石で飾られていた。

その姿は、いつもより大人びた雰囲気を感じさせた。

急にエルデリックが青年に成長してしまったかのような戸惑いを感じながらも、同時に美々しい王子らしい姿にサリカはうっとりとした。

「ああ、さすがは殿下……なんて麗しい……」

今すぐエルデリックの足下に跪いて崇《あが》めたい。

そんなサリカを押しとどめたのは、理性ではなくエルデリック自身の声だった。

《サリカも、とても綺麗だよ》

心の中で告げたエルデリックは、サリカに歩み寄る。そのままサリカに抱きついた。

抱きついた……のだとサリカは思う。

自分の肩に頬をよせて、腕ごと捕らえるような形ではあっても、サリカの方がまだかろうじて背が高い。だから子供にすがりつかれているのと同じだと思うのに、サリカは一瞬どきりとしたのだ。

自分を綺麗だと言った彼の心が、いつもよりも何か深い色をしているように思えて。

《とっても似合ってる》

二度目のエルデリックの声は、嘘だったかのように可愛らしい明るさを伴っていた。

ほっとしながらサリカは、この衣装を贈ってくれたのはエルデリックだから、褒めなくちゃと思ってくれたのだろうと思うことにした。

「殿下、綺麗な衣装をありがとうございました」

にっこりと笑って言えば、エルデリックはうなずきながら首元に額を寄せてくる。

それがくすぐったい。さらさらの、サリカが愛してやまないエルデリックの髪が触れているからだろう。そう思えば、このこそばゆさもなんだか愛《いと》おしい。

サリカは笑い出したくなるのを堪えながら、エルデリックが離れないのをいいことに自分もぎゅっと彼を抱きしめた。

すると聞こえて来るのは、またいつもとは少し違うエルデリックの発言だった。

《本当は誰にも渡したくないんだ……》

ぎょっとしたサリカだったが、彼がそんなことを自分に言うはずがないと思った。任せたくない、の聞き間違いだろう。

エルデリックがそんなことを言うわけがないし、母親代わりのサリカを渡したくないのだという意味なら、今それを言う時でもないからだ。

サリカの疑問は、ハウファの声でエルデリックの温もりと共に断ち切られてしまう。

「さ、お時間ですわ殿下」

サリカから離れて歩みだすエルデリックの後ろに従って、サリカも部屋を出た。

部屋の外には、こちらも白の盛装の長衣を身に纏い、濃青の飾り帯を身に着けた騎士達が待っていた。腰に吊《つる》した剣は今日は長い衣の内側に隠れ、彼らが立ち回るのではなく、儀礼的に付き従うのだということが表れている。

サリカはその中にラーシュを見つけ、改めて外見はいいのに、と思った。

黒灰の髪が白と青の装束の中で目立っていた。あの投げやりな雰囲気すらも、どこか絵のようにはまって見える。顔がいい人っていいなぁとサリカはうらやましくなるほどだ。

けれどエルデリックにはそんなことを考えたことはないな、とサリカは思った。ずっと側にいて母親代わりの気持ちでいるからだろうか？

そんなことを考えていると、エルデリックに先行して歩きだすラーシュと一瞬だけ視線が合う。ラーシュは一瞬息を飲み、しかし静止することなく前を向いて、他の騎士達と共に前へ進み出した。

何かおかしなことをしただろうか。ラーシュの反応に変だと思ったサリカは、祝宴会場横の控えの間にエルデリックが入ろうとする時に、尋ねてみた。

「あの……ラーシュ。わたしの衣装とか、どこか変？」

「いや？」

「でも、さっきわたしの顔見てなんか変な顔してたから。どっかしわがよりすぎてるとか、派手すぎて合わないとか、原因があるなら教えてもらおうと思って。殿下の恥になっちゃう」

「いや……そんなことは、ない。むしろいつもより、変じゃ……ない」

なぜかラーシュは言い難《にく》そうに視線をそらし、顔の下半分を片手で覆う。

変じゃないのなら、どうして目をそらすのか。

追及したかったが、それよりも先にラーシュが言った。

「まだ犯人が見つかっていない以上、祝宴の会場であっても気をつけろよ。警備は陛下の計らいでいつもより多い。入場者にも目を光らせてもいるが、それでも不測の事態が起こる可能性はある」

そうして一人で人気《ひとけ》のない場所へ行かないこと。あまり知らない人間についていかないこと、とラーシュはサリカに注意する。

「ラーシュ……なんかお母さんみたいだよ」

「お前がどこか抜けてるせいだろう。それにあの男も警戒しておけ。何の目的でお前に踊りの要求をしたのか知らないが、疑っておくべきだろう」

ラーシュの忠告にうなずいたサリカは、エルデリックの後ろに従って会場へ足を踏み入れた。

けれど間もなく、サリカはとんでもない状況に晒《さら》されることになる。

エルデリックの元には例の『ご学友』だった少女達の他、エルデリックが出席するので祝宴に呼ばれた、未成年の少女達が集《つど》っていた。

なのにエルデリックは、曲が奏でられ始めると真っ先にサリカの手を引いて、踊りに誘ったのだ。

おかげで背後から横から、ご令嬢達の視線が突き刺さって痛い。彼女達はエルデリックと最初に踊って自分を印象付け、将来の王子妃の座への布石にしようと思っていたのだろう。

サリカはその邪魔をしたわけだが、ちょっと待って欲しい。自分で率先してそんなことをしたわけではないのだ。

ため息をつきかけたところで、エルデリックに話しかけられる。

《サリカはいや……だった？　僕と踊るのは》

少し弱々しい声の調子に、自分を上目遣いで見上げるエルデリックと視線を合わせる。

「え！　いいえ！　そんなことございません！」

なにせ注目されることさえなければ、こうしてエルデリックと手をとりあうなど夢のような状況だ。まるで姉弟二人で、遊んでいるみたいで楽しいくらいだ。

《よかった》

ちょうど曲が終わったところだったので、エルデリックは足を止めた。

エルデリックは、サリカが浮かない表情をしていたことで心細くなっていたのだろうか。サリカの腕にすり、と頬を寄せてきた。

「ちょっ、殿下っ!?」

ご令嬢方のきーっという声が聞こえてきた気がする。けれどそれに倍する殺気立った気配が襲いかかってくるように思えて、サリカは怯えた。

エルデリックが手を離してくれた後、全速力でそこから逃げたサリカは、フェレンツ王が座る席の後ろへ回った。そこにはティエリやラーシュといった安心できる顔ぶれがいて、隠れることもできるのだ。

しかしその途中で、サリカが王子の気に入りだという話が聞こえてきた。

半数の人は、意思疎通が難しい王子が、初めての祝宴で緊張している中、母親のように慕っている女官に助けを求めただけだろうと言ってくれている。ついでに、そういえば王子は騎士と彼女を娶《めあわ》せようとしている、という噂話も耳に届いた。

噂が広まっていることに、サリカは居心地が悪くなる。

身を守るため、ラーシュが側にいるのが不自然でないように王子が流したものだったので、

広まっているのは良いことなのだが……恥ずかしい。

ますます小さくなりながら、サリカは会場を眺めた。

白大理石で化粧した大広間は、夕暮れ時だというのにシャンデリアの光を存分に反射して明るい。その中を泳ぐように動く貴族達の、赤や緑に青に黄色と、無い色などないのではないかというほど色彩にあふれた様子は華やかだ。

童話の中のお姫様が住んでいそうな世界が、現実に現れたようだった。

子供の頃に読んだ絵本の中には、こうしたきらびやかな世界が描かれていたものだった。そこではお姫様も、貧しかった貴族の女の子も、見初《みそ》められた平民の女の子も、必ず幸運に恵まれて素敵な男性と踊り、そして幸せを掴むのだ。

サリカも昔は憧れていた。結婚はしないと思うようになるまでは。

しかも結婚しないと思ったとたんに、憧れた世界に一番近い場所に行くことになった時は、運命を恨みたくなった。かっこいい騎士達や綺麗な王子様だって側にいるのに、決してサリカは夢を手に入れてはいけないのだ。それが少し哀しくて、ずっと祝宴を避けてしまっていたのかもしれない。

小さな頃の気持ちを思い出していたサリカは、ふとある人物に視線がとまる。

美しい金の髪が映える、海のような青の上衣を着た青年。ロアルドだ。肩から斜めに垂れ下がる金鎖の装飾が、陽の光のように燦《きら》めいていた。

彼はまっすぐにこちらへやってくる。例の約束を果たしてもらいに来たらしい。

今回ばかりは逃げるわけにはいかない。一曲踊るだけ。がんばろうと、サリカはロアルドに向かって進み出た。

予定通りのそれは、思った以上に何の変哲もない時間だった。

ロアルドは礼儀正しくサリカを気遣って、踊ってくれるよう請《こ》い、サリカが受けて踊り出す。

時々ロアルドはサリカに話をふってくれたりもした。それも今までの態度が不思議になるくらい行儀の良いもので、昔はよくここの転調部で踊りを間違えましたとか。無様な姿を見せないよう練習したという、他愛のないものだった。

強引に迫ってきた人物とは思えないほどだった。

あまりにも不思議になって、サリカは尋ねた。

「あの、お見合いの申し込みを頂いてましたけれど、本当にわたしのことを気に入っていらしたんですか？　女官長に頼み込まれて仕方なく……だと思っていたのですけれど」

するとロアルドは興味深そうに目を細める。

「どうしてそんなことをお聞きになりたいんです？」

「こんな冴《さ》えない女に、本気で求婚してくる人なんているはずないから……何か理由があってのことだと思っていたんです」

サリカの言葉に、ロアルドは困ったように微笑んだ。

「確かに貴方はそう仰《おっしゃ》っていましたね……。人となりについては、情の厚い方だと女官長様から聞いてましたよ。それならと話を受けたのです。あと、貴方が思う以上に貴方は綺麗だと思いますよ？」

彼は茶目っ気たっぷりに片目を閉じてみせる。

「最初、私もそれなりに自分に自信があったので、強引に迫れば、貴方がなびいてくれるのではないかと思いました。けれど貴方の築いた壁が思った以上に高くて驚きましたね。でも接するうちに、一緒にいたら楽しい人なのではないかと思うようになりました。件《くだん》のご趣味の件にしても驚きましたが、逆にそんなご趣味をお持ちの方なら、私が何か失敗したとしても受け入れてくれるでしょう？　だから貴方を誘って、ゆっくりと二人で話せたらと思ったのです。これではだめですか？」

不思議と、その言葉は本当だと感じられたから……サリカはびっくりした。

話し込むうちに一曲終わっていた。サリカは話が途中だったので、手を繋《つな》いだまま話し続けてしまう。

「意外に、普通の回答が返ってきて驚きました」

素直に答えたサリカに、ロアルドは小さく笑った。

「そう思って頂けたのなら、私も嬉しいです。だって本当は――」

サリカは急に腕を引かれた。

まずい。

そう思った時にはのっぴきならないことになっていた。

ぶつかったサリカの体をそのまま抱き込む腕。手を掴んでいた手はサリカの顎《あご》をとらえ、叫ぼうとした唇はやわらかな感触に塞がれる。

――キスしてる。

認識したとたん、サリカは頭が混乱しすぎて真っ白になる。

自分がそんなことをするとは想像もしていなかったのだ。男性に言い寄られることもなかった人生だったから。

ややあって、サリカから顔を離したロアルドが、罪悪感を滲ませた表情で囁《ささや》いた。

「これで貴方は後戻りできない。でも、これは貴方のためでもあるのです」

後戻りできないというのは、どういうことだろう。

けれど口づけされたことに衝撃を受けていたサリカは、彼の頬をひっぱたくこともできず、その言葉の意味を尋ねることもできなかった。

ただ分かるのは、周囲にこれだけの貴族達がいる前で、自分が男性と口づけをしてしまったということだ。

それは、ロアルドと結婚の約束をしているのでなければ、未婚の女性であるサリカの名誉が激しく傷つく出来事でもある。

ふしだらな女性という汚名を着たままでは、とても王子の側に仕えることなどできない。貴族としての名誉ならばサリカは必要ない。けれど王子の側にいたいのなら、どうあっても一度は婚約をし、後に破談にするしかない。だがこんな強引な手を使ったのだ、決してロアルドはサリカとの婚約を破棄してはくれないだろう。

こんな手で結婚を推《お》し進めようとしてくるなんて、思いもしなかった。

罠《わな》にはまって愕然《がくぜん》としたサリカだったが、その時、突然サリカの視界が青と白に覆われた。

自分よりも丈高い人の、白い長衣と青の肩掛けを着た背中だ。

「このような場所で、ずいぶんと非礼な行動だと思うが、一体どういうつもりだ？」

サリカを背に隠してそう言ったのはラーシュだった。あまりのことに行動できずにいたサリカを、見かねて来てくれたのだろう。

ロアルドが視界の外に追いやられたせいか、サリカは安心のあまり泣きたくなる。しかし泣いて状況が変わるわけでもない。

不安でなにかにすがりたくて、ついラーシュの衣服を握りしめたくなるが、それもするわけにはいかなかった。

ここじゃだめだ。気安いラーシュにそうしてすがったら、人前で口づけを交わすような男がいるのに、別な男にも気があるのかと誤解する人は多いだろう。ラーシュまでも、サリカの醜《しゅう》聞《ぶん》に巻き込むことになってしまう。これは噂話ぐらいでは済まなくなるのだ。

気づけば、周囲の人々が固唾《かたず》をのんでサリカ達に注目していた。

大勢の視線に晒されることがあまりないサリカは、それだけで怖くて体の震えが止まらなくなる。それでも頭だけは、今の状況を分析しようとしていた。

こんなにも注目されるのは、取り合われてるように見えてるからではないだろうか。

口づけをした男から、女を背に庇《かば》うもう一人の男。

しかも取り合われてる格好になっているのは、先ほどエルデリック王子と最初に踊って注目を集めてしまった自分だ。

一方のロアルドは、ラーシュに阻まれても余裕がうかがえる口調だった。

「非礼ではないと思うよ？　ずっと私は彼女に婚姻の申し入れをしてきたのだし、私の手をとって踊ってくれたのなら、そう悪い気はしていないのだと思ってね」

ロアルドは遠回しながら、サリカがまんざらでもない態度だったと言い出した。

違うと叫びたいが、でも言葉が出なくて、ぶんぶんと首を横にふるのが精いっぱいだ。

そんなサリカをちらりと振り返ったラーシュは、ロアルドに向き直って言う。

「本人は違うと意思表示しているようだが」

「祝宴の雰囲気に飲まれたのだとしても、その瞬間の彼女の気持ちが本心ではないとは言えないだろう？」

遠回しにサリカにもその気があるはずだと、ロアルドは勝手に翻訳し始めた。

サリカはぞっとした。このままでは押し切られてしまう。

もういっそ、使いたくなかったけれど能力を使って騒ぎを起こし、この場をうやむやにしようかとサリカは考え始めた。

急にみんなを笑わせて逃げるか……。全員を酔った状態にして、酒が回った末の幻覚だったと言い逃れをするのはどうだろうか。

追い詰められたサリカが、だんだんと危険思想に傾き始めたところで、周囲で様子をうかがっていた人々がざわめく。

何かと思って振り返れば、サリカの後ろにフェレンツ王がやってきたところだった。

フェレンツ王は急ぐ様子もなく歩み寄ると、サリカの肩に手を置いた。

「ここで問題が起きていると聞いて来たのだが？　我が王子が頼みとする者に戯《たわむ》れをしかけたと聞いているが、彼女の名誉を傷つけられると私にも不都合なのだがね。なにせ私も亡き王妃も救われた、王家にとっての恩人だ」

ただでさえざわついていた祝宴の場が、騒然となる。

一女官の問題に、国王が出てきたのだ。

それだけでも異例だというのに、ロアルドに対して遠慮しろと国王自らはねつけた。

エルデリック王子には、特殊な事情があるからと納得する者もいるだろうが、それでもサリカの希少性を知らなければ、不審に思われるのではないだろうか。他の人間を見つけて来たらいいのに、と。

そんな危険性を冒《おか》してまで、サリカを庇ってくれたのだ。

フェレンツ王に申し訳なくて目に涙が浮かび、サリカはうつむく。その様子すらもフェレンツ王は使った。

「今日はこの娘も気分がすぐれないようだな。このまま引き取らせることにする。もし今のことが戯れではないというのなら、後日、彼女の後見であるイレーシュ辺境伯家へ連絡をとるといい。当主は私に命じられてリンドグレーンへ赴いているから、しばらくは返事を待つことになるだろうね」

フェレンツ王はラーシュに、サリカを連れ出すように指示する。

まだ身震いが止まらなかったサリカは、ラーシュに背中を押されるがままにロアルドに背を向けた。

広間から外に出ると、ラーシュが話しかけてきた。

「……おい、平気か？」

サリカはこくこくとうなずく。

「た、たぶん……」

「とりあえず部屋で少し休め。俺は陛下達の様子を見てくる」

気の毒そうにそう言ってくれたラーシュに部屋まで送ってもらったサリカは、部屋に入る前に、再びラーシュに「大丈夫か?」と尋ねられる。

「うん……その、殺されかけたわけじゃないし、怪我させられたわけじゃ……ないし」

今度はあまり声も震わせずに返事ができたのだが、自分で言っておきながら、サリカは先ほどのキスのことをまざまざと思い出してしまった。

すると急に自分の唇が気になって、こすりたくてたまらなくなる。一方で、ラーシュの目の前でそうすることが、どうしてか恥ずかしかった。

落ち着かなくて、部屋の中に引っ込んでから、サリカは口を手の甲でこすってみた。

それでも感触の記憶が消えない。

サリカは他に何かいい案はないかと部屋を見回し、扉近くの小卓の上の盥《たらい》を見つける。

祝宴後、多少ながら顔に塗っているので、それを落とすために用意されているものだ。洗顔用の水差しもあったので、さっそく盥に水を張り、顔を突っ込む。

数秒間静止した後、ざばりと顔を上げたサリカは、眉間にしわを寄せていた。

「消えた気がしない……」

さらさらした水の感触がいけないのだろうか。それとも時間が短すぎたのか。

もう一度盥に顔を突っ込んでみたサリカは、バタンと荒々しく扉が開く音と自分の名前を呼ぶ声に、驚いて顔を上げた。

「おい、サリカ!」

「ぶえっ⁉　どうして部屋の中に！」

慌てて近くに置いていた布で顔を拭《ふ》いたサリカは、ラーシュが部屋の中に入ってきていることに抗議した後、エルデリックまでいることに仰天《ぎょうてん》する。

「で、殿下まで、どうなさったんです⁉」

ラーシュとエルデリックの方は、二人で顔を見合わせ、揃《そろ》ってため息をつく。どうしてそんな反応をされるんだろう。サリカが首をかしげると、ラーシュが説明した。

「お前、明らかに女子として衝撃を受けただろう事件の後に、扉を叩いても返事がない、静まりかえって物音もしないなんて状況に出会ったら……いろいろ考えるだろうが」

言われてサリカもようやく気づく。

強引に結婚を決められたような状況なのだ。ショックを受けて、泣き伏す人がいてもおかしくはない状況だった。……サリカには当てはまらなかったが。

ラーシュとエルデリックは、サリカが規格外だと分かっていても……いや普通じゃないからこそ、結婚したくないあまりに悲嘆に暮れて、儚《はかな》くなる方向へ突っ走っているかもしれないと心配してくれたのだろう。

なのに顔を洗って、水音でノックの音も分からなかっただけなのだ。

女子として、自分でもちょっとどうなのかと思いながらうなだれると、エルデリックからは尋ねられた。

《なんでそんなことしてたの？》

「その……口が気持ち悪かったもので」

サリカの答えに、ラーシュもエルデリックも事情を納得したようだった。

「まぁ入水《じゅすい》自殺なんてお前がするわけないのか……盥ではなおさらだな」

ラーシュの言葉に、サリカはふっと暗い笑みを浮かべた。

「死ぬぐらいなら、あの変な人の記憶消しに行く……失敗したら廃人まっしぐらだけど、いいよね……ふふふ。殿下、貴族が一人行方不明になっても、上手く隠して下さいませんか？」

「お、おいサリカ……」

サリカが口から危険思想を垂れ流すと、ラーシュが一歩サリカから離れた。

「そもそもわたしが能力を使いたくないのって、力が中途半端で、失敗しそうで不安だってのもあるんだよね……くっ。でも家族やラーシュや陛下達に迷惑かけるぐらいなら、廃人にして殿下のお側から……離れて……うぅぅ」

エルデリックの側から離れることを考えると、サリカは泣きそうになる。まるで我が子から切り離されるくらいに悲しい。

思わず涙目になるサリカに、エルデリックがそっと寄り添った。

《泣かないで、サリカ》

エルデリックの仕草に、サリカはますます胸が痛んだ。

《僕がその記憶を消してあげられたらいいのに。どうしたらサリカは忘れられる？　何でもするから教えて》

エルデリックはサリカを見上げてくる。

「そんな殿下……え？」

サリカは目を瞬く。今エルデリックは何と言った？

何でもする、と言ったのか。

サリカの脳裏に閃《ひらめ》いたのは、口づけの感触の上書きだ。ロアルドのよりも強烈に刻まれる感覚が得られれば、さっきのキスなど『なにそれ？』という程度の記憶に成り下がるだろう。

サリカはじっとエルデリックを見つめる。

「では、殿下お願いが」

エルデリックはちょっと首をかしげてサリカの言葉を聞いてくれる。

「殿下の頬を少しお借りしても？」

《それぐらいなら》

エルデリックは喜んで頬を差し出してくれる。

殿下の頬にキスできる。それを思うだけで、サリカは胸がどきどきとしてきた。

小さい頃は毎日のようにしていたのに、エルデリックが十歳になる頃に止めたのだ。仕え始めたティエリに、殿下も幼少とは言えない年になったんだから、と反対されたので。

久しぶりなので、サリカはゆっくりとエルデリックの頬に口を近づける。

そっと触れた柔らかな頬に、サリカは口先から自分が溶けてしまいそうな感覚に陥《おちい》る。

幸せが心に広がって、頭の中が『殿下可愛い！』の一言で埋まってしまい、ロアルドの感触などどこかへ飛んで行った。それどころか、このほわほわした柔らかな頬の感触に、噛みつきたい衝動に駆られてきた。

「あ、あの、殿下。少し甘噛みしても……」

恐る恐る尋ねてみると、エルデリックは拒否しなかった。

《サリカだったら……いいよ？》

少し恥ずかしそうにそう言ったエルデリックに、サリカは身もだえしたくなるほどきゅんとする。可愛さに、もうサリカは自分を止められなくなった。

唾を飲み込んだところで、頭の天辺《てっぺん》にげんこつが落とされる。

「待て変態」

「変態ってなによ！　ていうか痛い！」

サリカに抗議されたラーシュは、しかし真剣な表情で言い返した。

「唾飲み込んで未成年に顔を近づけるのは変態だろうが」

言われたサリカはうっと反論を飲み込むしかない。確かにそれは変態だ。サリカも反省してうなだれる。その様子に深いため息をついたラーシュが言った。

「それよりも陛下がお呼びだ」

五章　その日から

「陛下、申し訳ありませ――」

「気にしないでいいよ、サリカ」

フェレンツ王は、祝宴会場に近い一室で待っていた。

入室して早々に謝罪の言葉を口にしたサリカを、フェレンツ王は止める。

「君の婚姻は、我が王家にとっても重大事だ。あんな形でなし崩しに、というのは私の方だって困るのだから」

王家のために止めたのだと言うフェレンツ王に、サリカは深々と一礼する。

「それでも、うかつでした。一曲だけと言われても、相手をしなければ良かったのですから」

「あの場で女性に強引な手を使う者など、滅多にいないのだから仕方ないよ。時々、政略結婚を振り切るために、恋人同士で画策してああいうことをする者はいるようだけどね」

「そうなんですか……」

結婚を約束している相手以外に、人前で口づけをしてみせるのは非常識。特に女性の方が非難されるというのは、サリカでも知っているバルタの慣習だ。

はしたないことだと教えられてきたせいか、積極的に『意中の相手と結婚するため』に使うものだとは思わなかったのだ。返す返すも、祝宴にほとんど参加せず、そういった風潮を知らなかったことをサリカは悔やんだ。

「とりあえず座りなさい、ラーシュも」

サリカは言われた通り、一緒に来たラーシュと共にソファに腰かける。

向かい側に座ったフェレンツ王も、さすがに今日の一件のことは痛かったようだ。表情に隠せない苦悩が滲《にじ》んでいた。

「まずはサリカ。私のことは気にしなくていいからね。エルデリックのために王宮に君を招く時に、君のご両親にも、イレーシュ伯夫妻にも、私は必ず君を守ると約束しているんだ。祝宴での発言で問題が起こったとしても、その手段しか思いつかなかった私の責任なんだよ。分かったかい?」

優しく諭《さと》されたが、サリカはやっぱり申し訳なさすぎた。けれどフェレンツ王が決めたことだ。困らせるわけにはいかないので、大人しく了承する。

「分かりました」

「さて、なによりも優先されるべきは、結婚の阻止だ」

フェレンツ王はソファの背にもたれて、話を続ける。

「君が吟味《ぎんみ》した上で選んだ相手ではない以上、君たち一族に近づけるのは私も得策ではないと思う。かといって彼を君から引き離す手段に、私の権力を使うわけにはいかない。これ以上は親馬鹿で一女官を庇《かば》う王様、のフリでは済まなくなるからね」

「ですが、どうしたら……」

隣に座ったラーシュは、渋い表情をしている。

エルデリックのおかげで、キスの混乱から立ち直ったサリカも考えてはいるが、上手い方法を思いつけない。

「人目を引く場で仕掛けられたのなら、こちらはもっと沢山の人間に『それならば仕方ない』と思わせる方法を使えばいいんでしょうが……」

ラーシュのつぶやきに、フェレンツ王がうなずく。

「こうなると、相手のように観衆が多い場所で劇的なものを演出するのが一番だろう」

「劇的……ですか？」

サリカは劇と聞いて連想したものをつぶやく。

「竜に攫《さら》われたお姫様を、助けに行く王子様の話とか。敵に包囲された砦《とりで》から、侯爵令嬢を助け出す騎士のお話とか。戦で絶体絶命の中、獅子奮迅《ししふんじん》の活躍をした英雄の話、になぞらえた状況を作るということでしょうか」

子供の頃に見た人形劇や祭の日に行われる演劇では、そういった英雄譚《たん》が多かった。そして子供どころか、大人も娯楽の一つとしてそれを楽しんでいたのだ。

「まさにそれだよサリカ。最も人が信じたい、憧れるものを再現することができれば、まず人はそれを優先する」

「憧れる物語ですか？　でも竜を倒しにいくわけにもいかないし……あ、わたしが誘拐《ゆうかい》されたことにするとか、そういう系で身を隠してうやむやにするんですか？」

フェレンツ王は首を横に振った。

「それでは君を暗殺しようとしている者への備えができなくなるよ。王宮という、衛兵が各所にいる場所だからこそ、君もまだ自由に動けるんだ。実際、今までの二回とも君が殺されかけたのは、人がいない場所か、人の目から離れた場所に連れ出された時だろう」

フェレンツ王の言う通りだった。

そうするとサリカの命を狙っている敵は、衛兵や召使いを自分の手下にすることはできても、仲間の数が少ないのだろう。そのため周囲の者に邪魔されないよう、人目を避けるのだ。

「だから宴よりも人の多い場所で、人の憧れる話を再現するんだ」

フェレンツ王は、珍しく人の悪そうな笑みを浮かべて言った。

「騎士アルパードの物語は知っているだろう？　一週間後の槍《やり》試合。ラーシュに優勝してもらった上で、それを再現する」

『え⁉』

サリカはラーシュと同時に驚き、そしてほぼ同時に顔を見合わせた。

騎士アルパードの物語は、女性にも人気の高い話だ。なぜなら、それは恋物語で――

「こ、こんどはラーシュときっ、キスするんですかっ⁉」

アルパードは、恋をした姫のために騎士となり、御前試合にて勝利を手にした上、その褒美として彼女との口づけをと申し出る話だ。

騎士アルパードの立身出世の話だが、一番有名なのはそのキスシーンである。

これによって、王が姫との結婚を騎士に許し、物語は終わるのだ。

サリカの叫ぶような問いに、フェレンツ王はもちろん、とうなずく。

「目には目を、だ。今回の事件を押しつぶせるほどのものといえば、やはりこの方法しかない。一週間後の槍試合は一騎打ちだ。集団戦のような派手さはない代わりに、逆に優勝者が引き立つ。元々御前試合と決められていたものだ。エルデリックを出席させることにして、サリカも付き添いとして同席させよう。私はこれ以上に、祝宴の席でのことをもみ消して、あちらを堂々と不利にできる方法はないと思うのだが」

サリカはぐうの音も出なかった。

フェレンツ王はラーシュに視線を向ける。

「……やってくれるか？」

尋ねられたラーシュは、苦悩したようにうつむく。

サリカはぐっと奥歯をかみしめた。ラーシュにだって好みがあるだろう。でも自分の身を引き受けた恩人フェレンツ王の頼みだ。嫌でも断り難《にく》いに違いない。

しかも衆目の前だ。

城下や近隣の街から観覧に来る人もいる中でキスなんかしたら、たとえ偽装を解いて別れたところで、一生ラーシュにその噂《うわさ》はついて回る。その度に不愉快な思いをすることになるだろう。

サリカ一人が我慢するだけでは収まらない。

やはり、先ほども思いついたアレを実行するべきだろうか、とサリカは考えた。

ロアルドの心を操って、私と結婚したくないと思わせるのだ。

ただ、すぐにどうにかしなければならないので、母や祖母の手は借りられない。サリカがやることになるから、ともするとロアルドの心を破壊してしまうことになるだろう。

必要なのは、覚悟だ。

サリカが自分や家族の秘密と安全を守るため、ラーシュにこれ以上迷惑をかけないためにも、人をこの手にかけることが決心できれば。

後始末だけは、フェレンツ王に協力してもらうことになる。目立つことをしたばかりの貴族が一人、急に姿を消すのだ。

もしかしたら、心中かなにかと思わせるために、サリカも事故にでも遭ったと言って、身を隠した方がいいのかもしれない。これならば不審に思う人がいたとしても、追及をかわすことができるだろう。ほとぼりが冷めた頃に、再び怪我が治ったと言って、サリカも王宮へ戻ればいい。

それまでの間、暗殺の危険性は増すけれど。

ぎゅっと膝《ひざ》の上に置いていた手を握りしめる。顔を上げ、サリカが決心を告げようとした時だった。

「分かりました」

答えたラーシュを、サリカは驚いて振り返る。

悩んだ末に、渋々受け入れてくれたのかと思ったが、ラーシュの表情からはそういった様子は読み取れない。彼はいっそ穏やかな顔をしていた。

「うそ……」

サリカが思わずつぶやけば、ラーシュはいぶかしげにサリカを横目で見る。

「嘘で俺がそんなことを言うと思うのか？　それにどうせお前、俺が噂を立てられる状況になったら責任がとれないから、自分であの男を始末しようとか思ってただろ。だが人を一人消すよりも、多少のことを我慢するだけで済むならその方が楽だろう」

「でも……嫌でしょう？」

好きじゃない相手とキスするなんて。

そう思うが、恥ずかしくてサリカは尋ねられない。すると話がまとまった、と感じたのだろう。フェレンツ王が決定する。

「では、そういう方向で進めよう。ラーシュは試合に必要なものがあれば言いなさい。馬と甲冑《かっちゅう》はこちらで揃《そろ》えておく」

祝宴を中座していたフェレンツ王は部屋を出て行き、広間へ戻っていった。

ラーシュと共に残されたサリカは、途方に暮れて、今までフェレンツ王が座っていた場所を見つめていた。

決まってしまったけれど、ラーシュは本当にそれでいいのだろうか。

この話を受けたのだから、現在、彼にそういった相手がいるわけではないだろう。けど、今後ラーシュが誰かに恋した時に、迷惑がかかるのではないだろうか。

もしラーシュが、あちらこちらで浮き名を流している人なら、そんな心配はしなくてもいいのだが……。

と、そこで思いつく。多少のことと言うからには、キスの経験があるんだろう。

確かに二十歳を過ぎている顔のいい男が、一度もキスの経験がないわけがない。

そう思いながら、ちらと横目で見る。

ついラーシュの唇に視線が行ってしまうのは、サリカもかなり意識してしまっているからだ。

薄すぎも厚すぎもしない唇は、引き結ばれている。それでも見ているとなぜかどきどきとした。

ふと、ラーシュとキスする自分を想像し、うなりたくなる。

自分がラーシュの隣に立ってもそん色ないほどの美人だったら、良かったのにと思った。サリカがキスしたところで、リンドグレーン製の白亜の神像に、地味な娘が口づけるという微妙な図にしか見えないだろうに。

ロアルドの時も、会場にいた人々にそう思われたのに違いない。穴があったら潜りたくなるくらい恥ずかしいが、あの時は考える余裕も無かった。

ついでにロアルドのキスの感触がよみがえって、再び唇を拭《ぬぐ》いたくなる。同時に、ラーシュとキスしたら同じ感触がするのだろうかと想像し、じたばたしたくなった。

そしてサリカはこの時は気づかなかったのだ。

ロアルドとの時は、すぐに『嫌だ』という気持ちがあったが、ラーシュとキスするのを嫌だと思っていないことに。

「そういえば、ロアルド・ヴェステル子爵についてだが」

サリカがじたばたする代わりにつま先だけをぱたぱたしていると、唐突にラーシュがロアルドについて話し始める。

「念のため、陛下経由で調査をしてもらったが、彼は女官長の甥《おい》で間違いはない。女官長の実家である子爵家の分家筋の人間だ。が、三年前にヴェステル女子爵と結婚。妻だったヴェステル女子爵は半年後に亡くなった。当時六十歳だったらしい」

「え、六十……さい？」

あまりの年の差に驚いて、サリカは目を丸くする。

しかしラーシュの驚きの報告はまだ続く。

「真実の夫婦ではなかったのだろうな。ヴェステル夫人は結婚当時から病んで寝付いていたようだ。ただ、結婚前から祖母のように慕っていたらしい。そしてヴェステル子爵家をロアルドが継いだ後から、彼は次々と浮き名を流し始めた」

奥方が亡くなっているのだから、他の女性と付き合ったとしても問題はないだろう。

ただ、あらましだけを聞けばこう思うに違いない。

「財産狙いの結婚だったとか？」

「そう思う者も多かったようだな。おかげでヴェステル子爵家の親族に、彼は嫌われているようだ。そして浮き名を流すうちに、多少なりと借金を抱えた。おそらくそれを引き合いに、女官長からお見合い相手の打診を受けたんだろう」

ラーシュの結論に、サリカは「ああ…」と納得する。

「なるほど、ある意味お金目当てで、わたしと結婚しようとしたのかな」

お金の出所はサリカではなくとも、結婚できればお金が流れてくるのだ。

ただ、ロアルドはお金を無制限に貢《みつ》いで歩く人には見えなかったので、不思議な気はする。

貢がせているというなら、あの美麗な顔の造りからして納得できるのだが。

それに気になるのは、ロアルドの『これは貴方のためでもあるのです』という言葉だ。

理由が思いつけずにうなっていると、さすがにラーシュに尋ねられた。

「金目当てだったのが気にくわなかったのか？」

「違うわよ。お金積まれてもお断りだもの。それがね……」

サリカはロアルドに言われた言葉をラーシュに伝えた。

ラーシュは、ロアルドの話に渋い表情になる。

「今までの経緯からして、女官長達はお前のことを何の能力もない女だと考えていると思う。それなのに結婚してお前のためになる、か……。ためになるというと、脅し文句にも使える言葉だな。お前の困っていることについて、原因を知っていて、ロアルドと結婚することによって解決できるとなれば……脅しにはなるだろうが」

「うーん、困っていること……？」

サリカが現状困っているのは、ロアルドのことだ。いいかげん自分に関わるのをやめてもらいたいのだが。

「あ、もう一つあったっけ。暗殺者の件くらい？」

でも違うよね。暗殺したいなら、わざわざ結婚する必要もないしとサリカはつぶやく。

だがラーシュは首を横に振った。

「可能性があるなら、確認できるまでは全て投げ捨てない方がいい。お前の能力に関係なく、殺したい理由があるのかもしれないな」

「そこで詰まるのよ。理由が思いつけないもの」

結婚までして助けるとなると、自分の人生を棒に振るようなものだろう。それほど親切にしてもらえるほど、サリカは彼に恩を売った覚えはないのだ。

推測は暗礁《あんしょう》に乗り上げた。黙り込んでしまったその後、ラーシュがぽつりと言った。

「とにかく、今できることは俺が勝つことだけだな」

その言葉に、サリカははっとする。

今回の計画を成功させるためには、ラーシュの優勝が絶対条件なのだ。

「あの、大丈夫？　絶対優勝しなきゃいけないなんて……」

ラーシュが強いのは、サリカも分かっている。けれど実際にはいろいろな要因が重なって、上手くいかないこともあるだろう。

何より、騎士の試合は毎年どこかの都市で死者が出ると聞いている。かくいうサリカも、故郷の都市で行われていた試合を見に行って、負傷者が発生したのを目撃したことがあるのだ。

あの時ばかりは、自分がそれを見続けないよう、抱き込んでくれた父が頼もしく感じられたものだ。

その時に「大丈夫、怪我《けが》は男の勲章《くんしょう》だ。騎士にとってはご褒美みたいに心地良いに違いない。コワクナイヨー、サリちゃん」などと変態発言をしたため、聞こえてしまった周囲の人にまでドン引きされ、数秒で父親への好感度は急降下したのだが。

ともかく、優勝のために無理をして、ラーシュが怪我でもしたら申し訳なさすぎる。

そう考えてサリカは申し出た。

「勝利することが必須なんだし、あの下僕状態とか……使う？」

ラーシュは嫌悪するかもしれないが、下僕状態になれば異常な身体能力を発揮できる。そうなれば無敵だ。まず間違っても怪我などすまい。しかしラーシュは拒否した。

「あれを使うと動きが不自然になる。異常すぎて、余計なことまで勘ぐられる」

「……だよね」

崖を駆け上がるあの身体能力を発揮されたり、馬上できりもみ一回転など披露されては、観衆が自分の目を疑うだろう。

「ただ、勝たなければ計画そのものがダメになるからな」

「でもね。そんなに必死にならなくても、なんとかするから。こうなったらわたしも変態だったって設定にして、ロアルドさんの親族から嫁入りを拒否されてみせるとか！」

「お前がそれを実行すると、俺がより変態と思われそうな気がするんだが……」

ぼそりとつぶやかれ、サリカは言葉に詰まりそうになる。

「や、今度こそ被害は自分だけにするから！　わたしが変態な分には問題ないし」

サリカの変態説が流れたところで、エルデリックを毒牙にかけようとしているという疑惑を抱いている女官長が慌《あわ》てるぐらいで、むしろ虫よけになって万々歳だ。

しかしサリカの発言を聞いたラーシュは呆《あき》れたようにため息をついた。

どうして、と心配になったサリカは、頭を軽く撫《な》でるように叩《たた》かれてびっくりする。

「そう慌てるな。自分だけでどうにかしようとしないで、少しは他人を頼れよ」

年長者らしく諭されて、サリカは反論もできない。するとラーシュがくつくつと笑った。

「俺がなんとかするから、大人しく待ってろ。それが取り合われる女の役目だろう」

「とっ、取り合われる女の役目って……」

サリカはラーシュの言葉に、思わず顔が熱くなる。端《はた》から見ればそうかもしれないが、実際は違うのに。どうしてか……急に走って逃げたい気持ちになった。

「恋や結婚をするつもりがなくても、こういった経験をしておいても損はないだろ」

だから言うことを聞いておけ。

言われてうなずいてしまったサリカは、ラーシュの顔を見上げて……ちょっと後悔した。

年上らしい余裕の表情を浮かべているラーシュを、不覚にも……格好いいと思ってしまったから。

◇◇◇

ラーシュに胸がときめくなど、問題が大きすぎて血迷ったんじゃないだろうか。

気の迷いに違いない。

下僕状態で這《は》いつくばる姿まで見た上、キレて何度も叱《しか》ってきた相手だ。気心の知れた仲間ではあるものの、お互いに苦渋の選択の上でとはいえ変態の真似まで晒《さら》した仲なのに、ときめくことなどあるわけがない。

サリカは心を落ち着けるため、ラーシュが無表情のままハムのように縄で巻かれた姿を思い出してから眠った。

おかげで朝起きると、心は静まっていた。やはり昨夜のときめきは、ロアルドのせいで心が乱れていたせいだったのだろう。

「助けてくれたから、感謝で崇《あが》めたい気持ちを、ちょっと勘違いしただけよね」

そう思いながらいつも通り仕事を始めたのだが。

「ねぇねぇどういうこと？　ロアルドさんに遊ばれてるの？　それとも遊び人がとうとう本命を見つけた方？」

今日の勉強のため部屋を出たエルデリックを見送った後、にやりと笑いながら迫ってきたのはティエリだった。獲物を見つけた猫のように、じわじわとサリカとの間を詰めてくる。

「いや、別に遊ばれてるわけじゃ……ていうか、ロアルドさんて本当に遊び人なんだ？」

「知らなかったの？　まさか知らずにお付き合いしてたわけ？」

呆れた様子でティエリが話してくれたのは、ラーシュから聞いたのとほぼ同じ情報だ。

「付き合ってはいないわよ」

「ならどうしてあんな場所でキスしたのよ」

矢継ぎ早のティエリの質問攻めに、サリカは泣きたくなる。

「わ、分かんないよ……ただその、女官長様がほら、わたしにお見合いさせようとしてたじゃない？　あの人がその相手で」

「気に入られたってこと？」

「どうなんだろ」

曖昧《あいまい》に濁していたら、ティエリが眉を寄せて言う。

「でも、最初に庇ったのってラーシュ様よね？　そこまでするなら、あの方もそこそこサリカのこと悪く思ってないんじゃない？　っていうか、しっかりラーシュ様に隠れてたわけだし貴方も彼のこと嫌じゃないんでしょ。まさか二股がけ？」

「ううぅぅ」

サリカはうなる。今後の計画上、ロアルドは迷惑なのだと言うことはできても、ラーシュの方を否定するわけにはいかない。そしてロアルドを完全に否定したら、ラーシュとの方が真実の恋人なのかと、ティエリは噂話をばらまきかねない。

人付き合いの悪いサリカにとって、ティエリは色々な噂を教えてくれる有り難い人なのだが、そこが厄介なのだ。

悩んだ末に、サリカは悪い女の見本のような返事を口にするしかなかった。

「えっと、とりあえずまだどちらも知り合って間も無い相手だし、もう少し時間をかけてよく吟味を……」

「ちょっ、二人ともキープする気⁉　あの結婚したくないサリカから、その発想が出てくるだけで快挙だわ！　やっぱり顔なの？　殿下にめろめろなのも顔が好みだからなの？」

「うぅぅぅぅ。確かに殿下の顔も大変好みだけど」

あの天使のような姿形と、言葉を話せないという重荷を背負っているにも関わらず、まっすぐな心根にサリカはやられたのだ。

「サリカ、私少し早めに休憩《きゅうけい》ね！」

ティエリは部屋を飛び出して行く。十中八九、話を広めに行くのだろう。止める間もなく去っていった彼女に伸ばした手を、サリカはぱたりと下ろすしかない。

ため息をつき、サリカは作業を始めることにした。

エルデリックの寝室から服を持ち出し、召使いに洗濯を頼むのだ。

廊下へ出ると、あちこちに人の姿がある。

朝の時間帯は特に王族の居住する棟にも人通りが多くなるのだ。掃除に食事の下膳、王族に仕える人や、滞在している貴族への対応をする召使い達の姿も多い。彼らはみんな、サリカのことをちらちら見ている気がした。

やがて到着したのは、扉の前にまで山盛りのシーツが詰まった籠《かご》が置かれた場所だ。

そこにいた召使いの一人に、サリカはエルデリックの衣服だということと、ほつれのある場所を告げて、持っていたものを渡す。

帰りにも、行き交う貴族達の視線を感じた。意識しすぎだと思おうとしたが、不意に笑い声がサリカの耳をつく。振り返ると、目が合った貴族の男女がさっと視線をそらした。

やはり自分のことを噂されているらしい。

あんな大集団の前でキスするなど、それこそ結婚式ぐらいのものだろう。いい噂の種になったに違いない。

きっと結婚式であんな恥ずかしいことをするのは、他人様にその姿を見られている羞恥心から、一時の勢いで離婚したりしないようにという戒《いまし》めのためなのかもしれない、などとサリカは考えながら、急いで貴族が少ない回廊へと向かう。

やがて周囲に召使いや従僕の姿しか見かけない場所まで来たサリカは、ほっとしながら列柱回廊から庭の緑に目を移し……「うわぁ」と口に出してしまう。

どうしてそこにいたものか。

庭を横切ろうとしていたロアルドを見かけてしまったのだ。

サリカの奇声のせいで、彼もサリカに気づいてしまった。しかも声をかけられてしまう。

「サリカさん、少しお時間を頂いても？」

こうなると、無視して逃げるわけにはいかない。

「今、少し急ぎますので……」

「お時間は取らせませんよ。先日の釈明をしたいのです」

しおらしくうつむくロアルドを、放置していくこともできた。けれど周囲の目が、ここでは悪い方に働いた。

——ほらあの方……。

——ロアルド様に口づけされたって。

——え、じゃあロアルド様の思い人？　なのにあれ、嫌がってるの？

——嫌なら代わって欲しいわよね！

聞こえるのは、掃除道具を持った召使い達の声だ。

浮き名を流している上、財産狙いの結婚をしたと言われていても、ロアルドはうらやましがられる物件らしい。

ここで逃げると自分への悪評がすごいことになって、日常業務に支障が出そうだ。

ロアルドに憧れているらしい召使いの女性達に、何をされるか分からない。あの年頃の娘というのは、憧れの人が一人だけを選んでも気にくわないと感じるものだが、その人が選んだ相手に邪険にされても怒るものなのだ。

今までそういった標的にはならなかったサリカだが、いざこの立場になると大変迷惑だった。

なにせ仕事に響きかねない。

仕方なくロアルドにうなずいたサリカは、叫べばすぐ誰かに聞こえる場所で、なおかつ自分達が隠れられるだろう、低木の生け垣にロアルドを誘導した。

「で、何のご用ですか。先日の無礼な振る舞いについての、謝罪でしょうか」

開口一番、サリカはケンカ腰の言葉をロアルドに投げつけた。

するとロアルドは、驚いたように目を見開き、それから微笑んだ。

「君は優しい人だな」

「は?」

このつっけんどんな対応に、どうしてそんな感想が返ってくるのか。サリカには心底分からなかった。

「僕に謝罪の機会を与えてくれるなんて、思わなかったんだ。今日もそのまま置いて行かれるのを覚悟していたんだよ」

「ぜひそうしたかったんですけれど。ただ周囲に睨《にら》まれては仕事もしづらいので」

サリカがむっとしながら答えても、ロアルドは嫌そうな表情一つしなかった。

「とはいえ、やったことは覆《くつがえ》せませんから……。どうにか私になびいては頂けませんか? 貴方の不都合な状況も、私が解決しますよ」

うなずいてくれたら、いじめられないようにしてくれると言うのだ。

「貴方のため、なんて脅し文句みたいなことを言われて、うなずくと思ったんですか？」

　ずばりと言うサリカに、ロアルドは少し目を細めた。

「脅し文句に聞こえましたか？」

「当たり前でしょう。わたしに、貴方と結婚することによって得られる利益はありません。身分にしても、金銭的な問題にしてもこれ以上を望まないので、職場環境を悪化させかねない貴方の行為の方が邪魔です。となれば、脅しだと考えるのが普通ではないのですか？」

　もちろん、脅しだろうと教えてくれたのはラーシュだ。サリカが自分で気づいたわけではない。けれど今はそのことも伏せて、ロアルドを糾弾《きゅうだん》する。

「それでも、貴方のためなのです……ご結婚されないままというのは、女性には不名誉なことでしょう？」

「慈善事業のつもりですか？　ロアルドさんは、そうやって女性を助けるのが趣味の方なんでしょうか」

　サリカの言葉に、ロアルドの表情から笑みが消える。

「ロアルドさんは、奥様が亡くなってから借金を背負ってでも沢山の女性に貢いだと聞きました。けれど貴方がわたしに仕掛けた罠のことから考えても、女性にただ騙《だま》される人には見えない。お付き合いされた方々というのは、そうと分かってて関わったんじゃないんですか？　しかも、借金があっても貴方の衣服を見る限り、困窮している様子もない。それだけ噂になったにも関わらず、金策に苦慮しているという醜聞も広まっていない。となれば、その借財は時間がかかっても返せる目処《めど》がついていたのか、周囲が噂するほどではなかったのではありませんか？」

この情報元はティエリだ。

ティエリによると、彼が浮き名を流していたのは一年前までだという。最近は大人しかったからこそ、ロアルドが真実の愛にでも目覚めたのか、と疑ったそうだ。

「今まで噂になった方々と同じように、わたしが可哀想な女に見えたから、助けてあげようと思ったのでしょうか？」

「……可哀想な女だと思われるのはお嫌でしたか」

「矜持《きょうじ》は傷つきました。それにわたしはラーシュと……とお話ししたはずです。なのにあんなことをなさって」

「けれどラーシュさんとはまだ結婚は先のこととお聞きしました。それなら」

ロアルドがサリカの左手をやんわりと掴《つか》む。

「私が先んじて、貴方を奪えるのではないかと思ったのです」

そう言って、艶《つや》めいた笑みを口元に浮かべたロアルドだったが――サリカはこの時を待っていた。

ロアルドとの結婚を嫌がっているサリカから、彼に触れるわけにはいかない。不自然だからだ。けれどロアルドから触れてくれるのなら、サリカはもう一つ使える手段がある。

触れれば、力を使いやすい。

困ったような表情でうつむき、サリカは能力を使った。

ロアルドの心に接触を試みる。彼が今何を考えているのか、それを断片的にでも知ることができれば、彼らの目的が掴めると思ったのだ。

しかしサリカはロアルドの心を覗《のぞ》いて、ぎくりとする。

《手に触れただけで恥ずかしそうにうつむくとは……。初心《うぶ》なままのように思えるな。やっぱり彼と本当に付き合っているとは思えないな、これは。キスの時の反応といい、恋人と言いながら何もしていないんじゃないかな。やっぱり結婚したくないがための嘘なんだろう》

なぜ私の言動だけで、そんなことまで察してしまうのか、とサリカは驚愕《きょうがく》する。

さすが浮き名を流しただけはあるというのか。ロアルドはサリカとラーシュの仲を根本的に疑っているようだ。

動揺したサリカだったが、自分の目的はそこじゃない。件《くだん》の暗殺の件との関わりとか、ちらっとでもいいから考えてくれないだろうかと思うが、ロアルドは全くそちらに意識が向かないようだった。

「サリカさん……こっちを向いて」

ロアルドの切なげな声と、持ち上げられた左手に触れる柔らかい感触に、サリカは能力を解いてはっと顔を上げる。

いつの間にかロアルドが、サリカの手に口づけしていたのだ。

慌てて手を引っこ抜けば、ロアルドはますます笑みを深めた。完全に遊ばれている。

焦ったサリカは、もう一つ用意していた断りの理由を口にした。

「ら、ラーシュのことについては、もう少し分かり合う時間が必要で、保留にしているだけで!」

「なぜ保留にする必要が?」

「わ、わたしっ、ただ縛られるだけじゃなくて、女装して縛られてくれる人じゃないと、どうしても恋心が抱けないんです!」

どうだ! とロアルドを睨み付けるように見れば、案の定ロアルドはぽかんと呆《ほう》けた顔をしていた。

「うちの父の影響かもしれません。実は父は、女装癖があって……」

そんな趣味はサリカの父にはないが、ここは汚名を被《かぶ》ってもらうことにする。きっと話しても怒られはしないだろう。むしろ見たいかい? と言って実演されそうになるだけだ。

「ほ、本当は女装してる人に惹《ひ》かれるので、こんなこと言えないから、結婚できないと思ってたんです。ラーシュは縛られるのを理解してはくれましたけど、彼は元々そういう趣味が無い人だから、気の毒すぎてそこまでは話せなくて。だって自分のせいでこんな道に片足突っ込んじゃったのに！」

ううっ、とラーシュに申し訳なさそうなふりをして、サリカは自分の口元を押さえる。

内心では、どうだ女装まではできまい、と思いながら。

しかしロアルドはひっかかってくれなかった。

「よく告白してくれたね。君がどんな人であろうと、そのまま受け止めるつもりだよ。ラーシュさんでは心配なら、なおさら私のところへいらっしゃい、サリカさん」

サリカは心の中で悲鳴を上げた。

変態を受け入れようという心の広い言葉が、これほど恐ろしいとは思わなかった。

まさか、ロアルドから逃げられなかったら、毎日女装してぐるぐる巻きになったロアルドと顔を合わせることになるのか。

……考えただけでもなんか、非常に嫌だった。

サリカが自分の想像に真っ青になっていると、ロアルドがくすくすと笑い出す。

そしてサリカの耳に囁《ささや》いた。

「無理しなくてもいいんですよ。どうしてもということなら『また』お付き合いしますが。でも、今は見逃してあげましょう」

「なっ……」

嘘が、ばれてる。そう思ったサリカに、ロアルドはさらに追い打ちをかけてきた。

「すぐに貴方を捕まえてしまっては、この先ずっと私に心を寄せてはくれないでしょう？　この手に落ちてきてくれるまでお待ちしています。ただ、祝宴でのことがありますから。貴方の評判を落とさないためにも、早々に婚約についてご連絡をしたいと思いますので」

では、とロアルドはサリカを解放し、歩み去った。

サリカはその場に一人取り残された。

ロアルドに接触しても何の情報も得られなかった上、なんとしてもラーシュに勝ってもらわなくてはならない状態も変えられなかったサリカは、敗北感にがっくりとうなだれるしかなかった。

◇◇◇

噂の的にされるのは、ラーシュも予想済みだった。

公衆の面前でキスされた女の子を助けたのだ。はやし立てられるのは覚悟はしていた。

だから王宮内を歩けば視線を向けられ、訓練場では騎士仲間達から遠慮無くからかわれたけれども、甘んじて受けるしかないと耐えたのだ。

「よぉ、昨日は随分ご活躍だったみたいだなラーシュさんや」

訓練場の武器庫へ槍を返却しに行けば、行き合った騎士にもそう声をかけられた。

城内警備の隊長職にいる騎士だ。

この国ではフェレンツ王が騎士の仕官について判断し、要所ごとに監督官として配置することが多い。そういった者は見習い騎士の指導もするので、中年の髭《ひげ》が濃いこの男も、エルデリック王子と似たような年頃の少年を連れていた。

「陛下に頼まれていたからな。彼女は殿下が歩くために必要な、杖《つえ》のような人物だ」

ラーシュは、もう何度繰り返したか分からない言い訳を口にした。

なにせ本当のことは言えない。自分を下僕扱いできる女が、変な男に取り込まれては困るからなどとは。能力のことを抜きにしてもラーシュの矜持が傷つく。

「まぁ察しがいい女ってのは、楽なもんだよな。女官でも女房でも。うちの奴も、言わなくても全て飲み込んでくれる察しのいい女だったらよぉ……」

そう言って、中年騎士は数秒遠い目をした。ラーシュはそんな夢が見られる中年騎士がうらやましかった。サリカは決して察しのいい人間ではない。

「それなら陛下にも感謝されただろう、良かったな」

「そうだな……」

ラーシュは中年騎士に同意しておく。確かにフェレンツ王にはよくやったと言われた。けれど素直に嬉しいと思うには、心苦しすぎるのだ。

女性が無理やり晒し者になったことを、可哀想だと思ったのは事実だ。けれどそれより先に、自分にとってマズイことになった、と焦ったことが心にひっかかっていた。

もっと純粋な気持ちで助けられたら、重苦しい気持ちを引きずらずに済んだだろうか。

一週間後にはもっと噂になるようなことをするのだと思えば、ますます気が重くなる。さすがのラーシュも気が引けて、つい他の方法はないのかと考えてしまうほどだ。

自分だって抵抗がないわけでもないのだ。サリカよりも割り切れるだけの話で。

だからなのか、サリカにあんな啖呵《たんか》を切ってしまった。

こういった経験をしておいても損はない、と。

羞恥心から目を背けるために、つい大人ぶった態度で何も気にしていない体《てい》を装ったのは否定しない。あとは、ラーシュの中にも少し残っていた、幼い頃の憧れが少しあったのだろうと思っている。

騎士物語といえば、ラーシュの故国でもよく読まれていたものだ。不遇な状況に囚《とら》われるまでは、ラーシュも憧れを持っていた。

その一部は、バルタ王国で騎士として自由に過ごした時間に解消されたように思う。

誰も昔の自分を知らない国で、抵抗もできない相手を切り刻んだことなどなかったかのように、清廉潔白《せいれんけっぱく》な人間として生きることができた。身分のことなど忘れて、一騎士のように王に仕える栄誉も得た。

勝利の褒美に姫君からの口づけを願うのも、何度か想像したものだった。

「いや……姫というには無理が……」

ある程度異常には慣れているはずの自分の耳にも衝撃的な、数々の変態発言。それはエルデリックだけに向けられてはいるものの、やっぱり異常だと思う。

ただサリカは、ラーシュの考えていた能力者というものを、良い意味で裏切ってもくれた。度々迷惑をかける、けれど憎めない存在。という感じで。

つい考え込みながら、ラーシュは武器庫の管理官に持っていた長槍を渡した。それを見て、中年の騎士が尋ねてくる。

「そういえば長槍借りてたのか？　お前使えるのかよ」

「……まぁ人並みに。でなければ試合をえり好みすることになって、こうして仕官できるようになるまでの間、さぞかし生活に困っただろうから」

答えれば、中年騎士は大きく口を開けて笑う。

「お前、都市の試合で陛下に目をかけられたんだったな。それなら長槍の試合だって出てて当然か」

騎士の試合は庶民の娯楽にもなるので、各地の領主は年に二度は必ず開く。しかし剣なのか槍なのか、集団戦なのかはその時々による。剣のみの試合を探していては、国の端から端まで移動したあげく、年に参加できる回数も極端に減るのだ。

「しかし珍しいな、槍持ち出して訓練とは。なんだお前、急に今度の御前試合に出ることにしたのか?」

「王子殿下もご覧になるらしいからな。それなら騎士として出ておくべきだろうと思った」

実に『ありそう』な答えを口にすると、中年騎士は納得してくれたらしい。

「殿下と言えば、お前さんが庇ってやった女官のことだが。殿下がお気に入りすぎて嫁に考えてるって噂も聞いたな」

中年騎士が世間話のついでとばかりに口にした話題に、ラーシュは目を瞬く。「え?」と言いそうになったのを、とっさに抑えて尋ねた。

「なんでまたそんな噂が……。殿下の花嫁選びをするにはまだ早いと思うんだが」

「ほれ最近ご学友って言って、同じ年頃の子供を集めてるだろ。ただの学友なら男だけでもいいが、娘が混じっているのは、そういう意味だろう? なのに同年代に興味を持ってる様子もないし、あの女官殿もちょっと年上とはいえ、殿下と結婚できない年齢差というわけではない」

エルデリックは十二歳だ。四年後、成人する頃にエルデリックがどうしてもと望めば、年の差だけならば過去に例がないわけでもない。むしろ一回り差の男女の結婚でも、政略婚であれば珍しいことではないのだ。

一粒種の王子で、しかも話せないという足かせのあるエルデリックがその要望をしたとしても、フェレンツ王や貴族達に認められるのはかなり困難だろうが。

しかしラーシュの脳裏に、サリカに抱きつかれていたエルデリックが浮かべた、意味深な笑みが蘇《よみがえ》る。

サリカはエルデリック可愛さに目が曇りすぎて気づいていないが、明らかに、あの王子は分かっていて行動している。思えば祝宴の時もやたらとサリカに接触し、しなくてもいいのに二人で踊ったのだ。

あれが、花嫁候補やそれを狙う貴族達への牽制《けんせい》だとしたらどうだろう。

でも、そんなことをしたらサリカが危険に晒される。

エルデリックとて、サリカのことを大事に思っていないわけではないはずだ。今やほとんど彼女の手を借りないで済むとはいえ、エルデリックの生活を支え、無条件に……多少変態的ではあるにしても、愛情を注いでくれた相手だ。

なのにわざと危険に陥れるとは思えないのだが。

けれどそうと言いきれないのは、エルデリックの目が……恋人を見るような眼差しに見えたからだろう。

あの光景を思い出してため息をついたラーシュは、そこでふと気づく。

まさか本当に、エルデリックはサリカを望んでいるのだろうか。牽制のつもりで、ラーシュに自分の一面をわざと見せていたのだろうかと。

だとしても疑問が増えるだけだ。サリカとの結婚をエルデリックが望んでいるなら、なぜラーシュに恋人役を任せたのか。

祝宴の一件にしてもエルデリック自身が矢面に立てばいい。子供だからこそ、無言でサリカに抱きつくだけで、充分ロアルドを制することができたのに。

そんなことを考えていると、一週間後のことについてエルデリックに話し難くなってきて、胃の中がむかつく。

「おい、なんか大丈夫か、そんな暗い顔をして」

考え事に没頭してしまっていたラーシュは、中年騎士に心配されたようだ。

「いや大丈夫だ。ちょっとやんちゃな王子とアホ女官のしでかしそうな事を想像すると、なんだか胃が……」

「なんか、殿下の側仕えっつーのも大変そうだなおい」

そのとき、武器庫に別な騎士がやってきた。

「あれ、騎士の鑑《かがみ》ラーシュさんじゃないっすかー」

軽い調子の彼は、国王付きの騎士の一人だ。ラーシュと同年配ながら、その軽さと笑顔のせいか、年下と見られやすい男だ。そんな元同僚騎士がはずむ口調でラーシュに告げた。

「君の女官ちゃん、さっき宮殿棟の北庭で、花盗人《はなぬすびと》と一緒にいたけど大丈夫ですかー？」

「あのば……、なんで毎回厄介事に捕まるんだーっ!!」

それを聞いて、ラーシュは罵声《ばせい》を上げながら駆けだした。

幸いにして、サリカがいるだろう場所はそれほど遠くはない。けれど何かあったら、と思えば焦りを感じた。

ラーシュが走りに走ってサリカを見つけたのは、王族用の厨房《ちゅうぼう》の近くだった。

サリカは一人きりだった。

息をきらせたラーシュに目を丸くしたサリカを、多少怒鳴っても聞こえないだろう、樹ばかりの庭の奥へ引っ張って行き、事情を聞く。そしてラーシュはうなだれた。

「では、お前自ら接触したわけじゃないんだな？」

「あれじゃ逃げられなくて」

言い訳をしながらも、ラーシュに悪いと思っているのだろう、しおれたようにうつむいている。そうしていると、中身があれほど突撃系の変態だと分かっているのに、外見通りの大人しい女性に見える。不思議だ。

しかし、しおらしくしていてもサリカはサリカだった。

「あとね、もう逃げられないんだし、いっそ心の中を覗いてやれと思ったんだけど」

「やったのか⁉」

逃げ切れなくて困るだけならまだしも、これ幸いと攻撃をしかけるとは。

「それが、上手く話を誘導しながらってのができなくて、とりあえずラーシュとわたしが付き合ってないって、ばれてることしか分からなかったのよ」

サリカは眉尻を下げて「ごめんね」と謝ってくる。

ラーシュは頭痛がしてきて、額を手で押さえた。

「俺が謝って欲しいのはそれじゃない……。お前の能力がバレたらどうするんだ?」

「それは大丈夫よ。沢山練習したおかげか、ラーシュみたいな人じゃないと気づかれないようになってきたから。それに原因が分かれば、ラーシュも無理にキスとかしなくて良くなるから……と思って」

サリカは心底申し訳なさそうな顔で、ラーシュを見上げてくる。

「人前でしないにこしたことはないが……。それ以上に良い案があればな?」

「うぅぅ」

サリカは渋い実を食べたような表情に変わった。毎回困らされているせいか、そんな顔をされると、ついラーシュはいじめたい気分になってくる。

「俺のためだというなら、大人しくしておけ。それに、件のキスを自主的にするのはお前の方だ。褒美をもらう俺の方じゃないからな? おそらくお前の方が倍恥ずかしい」

「え……あ!!」

今頃気づいたらしいサリカが、叫んで顔色が真っ青になる。

「お前がどうしても嫌だっていうなら、何か別な方法を考えるしかないが」

真っ青になったサリカは、やがて絞り出すような声で答えた。

「ラーシュが……嫌じゃないなら……がんばる」

恥ずかしさのあまりか、声が小さい。なにせ言外に『キスさせて下さい』と言っているようなものだからだ。

それは分かっていたが、気が進まないサリカの様子がラーシュは不満だった。自分のためでもあるとはいえ、もう少し、こちらの気分が上向くぐらいに感謝してほしいと思うのは、欲深すぎるのだろうか。

「俺にキスするのはそんなにがんばることか？」

「だって、だって、自分からしたことないっていうか、失敗したらどうしようと思うし。そもそもロアルドさんにされたのが、人生で初めてでってうわぁぁあ！　思い出したら今更ながらにむかつく！　一生しないと思ってたのに……」

頭を抱えてうなるサリカに、ラーシュはいじめすぎた気分になった。

「そこらの木で練習しておけばいいだろ」

ラーシュは近くの木を指したが、サリカは不満そうに訴えてきた。

「だって木じゃ鼻と口と目がないから、分からないのよ……。枕で練習しようとしたけど、ちゃんとできるか自信が……」

サリカは恥ずかしそうに視線をさまよわせる。

ラーシュは最初、口じゃなくとも頬でもいいと言いかけた。

しかし万が一のことがある。類ならば友人同士の親愛の情と言い逃れできてしまうだろう。それでロアルドに分があると思われたら、この計画が水の泡になってしまう。

「どうにかならないのか。お前の同僚に……とか」

生物学的分類上の男にしようとするからいけないのだと、ラーシュはうっかり同僚の女官を勧めてしまう。

「ちょっ、百合《ゆり》をラーシュに勧められるとは思わなかった！」

サリカに驚かれて、ラーシュも自分が恐ろしいことを口にしたと気づいて慌てた。

「い、いや。だが男とするわけにはいかないだろ」

「ていうか他の人とするなんてもう嫌！　いくら結婚する予定がないったって、初めてのキスがあんなだったのに……。なんかコツとかないの？　しなきゃならないなら、ラーシュが教えてよ」

「俺に教えられてもいいのか？」

「他に頼める人が……」

そこまで言って、サリカがぽかんと口をあけてラーシュを見上げる。

ややあってその顔が熱でも出したかのように、赤く染まっていく。

顔を合わせていたラーシュも、赤くなるサリカにやたらと恥ずかしくなってしまった。

しばらくお互いに黙り込んでしまい、その時間が経《た》てば経つほど気まずくなっていく。

ラーシュはその場から逃げたくなった。しかしそのままにしておけば、サリカはこんな顔のまま、最後の頼みとばかりにエルデリックに口づけをねだりに行くかもしれない。

想像してしまったラーシュは、挑発するように自分を見ていたエルデリックに負けるような気がして、思わずサリカの肩に触れて引き寄せていた。

サリカが息を飲む。驚く彼女と目を合わせて、ラーシュはぐっと喉の奥に力を入れた。

とにかく、やりかただけ教えればいいはずだ、と自分に言い聞かせ、手が震えないように念じながら、サリカの後ろ頭に左手を添える。

「一度だけ、コツを教えてやるからよく聞け」

ラーシュは自分を見上げるサリカに、顔を近づけた。

「いいか。目の位置をまず合わせろ。それから鼻の位置」

鼻先がぶつかりそうな位置で、サリカの揺れる瞳を見つめる。サリカが身をこわばらせるのが分かった。

嫌がっているのかもしれないと思うと、むっとした。同時に、心の奥底がくすぐられたような気持ちになる。

自分を従わせることのできる相手が、自分に怯《おび》える姿というのが心地良い。そんな自分の歪《ゆが》み具合にラーシュは自嘲《じちょう》したくなるが、気持ちが愉悦《ゆえつ》に押し流されていく。

「ここまで確認できれば、少しずれても遠目には分からない……」

囁く自分の吐息が、サリカの頬に触れるのが分かる。

ほんのわずかに真珠色の歯が覗く唇を、このまま塞《ふさ》いでしまったら……。

もっと自分を怖いと感じるのだろうか。そうしたら彼女は自分から逃げようとするのか、それとも従うのか。

確かめたくなったラーシュは、甘く香るサリカの肌に引き寄せられるように唇を近づける。

しかしサリカがラーシュの服の胸元をぎゅっと握りしめる感覚に、我に返った。

——自分は今、何をしようとしてた？

「……っ。もういいな？」

教えるのはここまで。

そう告げたラーシュは、ぼんやりとする彼女を残してその場を立ち去ったのだった。

◇◇◇

サリカはその場に、ずるずると崩れ落ちるように座り込んだ。スカートの裾に土がつくことも、気にしていられなかった。

足が震えている。でも怖いからではない。足の力を抜かれてしまったかのように、力が入らないのに震えているのだ。

心臓は息苦しくなるほど、全速力で動いている。

「し、心臓とまりそ……」

なんだろう。ラーシュに抱きしめられて、お日様に当たった布と土埃《つちぼこり》の匂いがしただけなのに、くらくらとしてきて。叫び出しそうだったのに、声は溶けるように消えてしまった。

あの時の顔をラーシュに見られていたかと思うと、サリカはのたうちまわりたくなる。

「なんで、なんで？」

どうしてサリカにあんな真似をしたのか。その答えは簡単だ。

「わたしが言ったからだったぁぁぁっ！」

コツはないのかとか、ラーシュが教えてくれればとか。そう言ったからだ。

サリカは地面にめり込みたい気持ちになって、その場にうずくまる。

教えるために、ラーシュもあんな風に顔を近づけるしかなかったのだろう。と考えたサリカだったが、ふと「あれ？」と疑問に思う。

目線を合わせるとか、なにも実地で教えなくてもいいのではないか。

でもそうすると、ラーシュの気持ちが分からなくなる。まさかサリカのことが好き……なわけではあるまい。変態と連呼してる相手に、そんな感情を抱くものだろうか？

そうしてサリカは、背に流していた自分の髪を一筋つまむ。

小さい頃から湿った藁《わら》といわれたこの髪の色。ただでさえ綺麗な人が多い王宮で、埋没する目立たない自分。誰にも目を留められるはずもないのに地味にしているのも、派手で明るく可愛い服を着ても、キレイじゃない自分が浮いてしまうのが怖いからだ。

その上、内面だってたいしたことのないサリカを、好きになるはずがない。

何よりラーシュに嫌なことを強《し》いる力を持っているのだ。

「勢いでいじめちゃったこともあるし……お友達感覚でいてくれるだけ、きっとマシなはずなんだよ」

お友達だと思うから、サリカのために我慢してキスすることを了承してくれたのだ。しかもサリカにコツを教えてくれたのも、失敗してソェレンツ王の策を無駄にしないようにするためで。そうじゃなければ、あんな寸前まで……。

「うううぅぅ」

思わず間近で見たラーシュの顔が脳裏にちらつき、体の奥底がなんだかくすぐられているような、変な感覚が湧《わ》き上がる。

「だめだ、考えたら何にもできなくなりそう！」

考えることを諦めたサリカは、ラーシュのことを忘れるように努めて、王宮へ戻った。

エルデリックの私室には、他に人がいなかった。

なのでソファに座って、しばらくの間ぼんやりと過ごした。やがてエルデリックが帰ってくるだろう時間が近づくと、お茶の用意をして待ち構える。

それだけの時間をかけるとようやく心が凪《な》ぎ、さっきのことを忘れられるようになった。

しかし戻ってきたエルデリックが、お茶を飲みながらサリカに振った話題が悪かった。

他に人がいないので、エルデリックは心の中でサリカと会話していたのだが。

《そういえば、ラーシュが御前試合に出るって聞いたんだ》

ラーシュと御前試合という単語に、サリカの心臓が跳ね上がって飛び出すかと思った。

「え、えと、そうみたいです、ね？」

明らかに動揺した返事に、エルデリックは何も気づかなかったかのように言う。

《だけどラーシュが勝てば、サリカがキスをするって父上が……》

本当？　と悲しそうにサリカを見上げる目に、いつもならサリカは心を射貫かれそうになるはずだった。しかし今日のサリカは「ばれた！」という単語が頭の中にこだまする。

いたたまれない気持ちになって、思わずエルデリックから目をそらしてしまう。

その反応にエルデリックは目を見張ったが、サリカは気づかなかった。

《サリカは……それでいいの？》

エルデリックの問いに、サリカは目をそらしたまま答える。

「せっかくフェレンツ王の授けて下さった策ですし、わたしもこれ以上の方法は思いつかないし……あの人と結婚するわけにはいきません」

ロアルドとの結婚だけは避ける必要がある。

答えたサリカに、エルデリックはさらに問いを重ねた。

《もし、僕が代わりになるって言ったら、サリカを助けられる？》

「え……？」

エルデリックが、ラーシュの代わりになるなら。

言われたサリカは……想像することができなかった。だってエルデリックはサリカの背丈すら超えていないのだ。

御前試合にも出ることはできない。もしそれが可能だとして、万が一勝てたとしても、王子という立場で平民のサリカを指名したら、どんな醜聞になることか。

「そこまで殿下にして頂くわけには……。なんか申し訳ないです」

サリカはつい謝ってしまう。

《ううん、ちょっと興味があって聞いてみただけ。だって僕が御前試合に出るわけにはいかないって、分かってるから》

答えたエルデリックの声は、本当になんでもないことのように明るかった。だから子供なりに一生懸命考えてくれたのだろうと、サリカは笑顔でエルデリックに頭を下げる。

「お気持ちだけで、嬉しいです」

《でも、僕がもっと大人だったらな》

「だめですよ。バルタの唯一の王子殿下なんですから。怪我しては大変です！　それぐらいならわたしが槍持って出場しますよ。そしてロアルドさんを自力で倒しますとも」

できるなら今回だって、そうしたかった。それならいい見世物として皆観戦する上、ロアルドの立場もずたぼろになってキスのことは無かったことにできる。

こんなことなら槍術《そうじゅつ》でも習うべきだったと後悔するサリカだったが、しかしエルデリックが欲しい答えとは違ったようだ。

《なら、そういった事情がなかったら、ラーシュとキスするのは嫌？》

「え……」

サリカは不意を突かれて言葉が出なかった。

じっとエルデリックが返事を待っているので、その言葉の意味を吟味し、推測しようとしてサリカはうろたえる。

昨日からずっと、ラーシュに迷惑をかけるのが心苦しかった。けれど拒否したいと、思ったことがあっただろうか。

（嫌……なんだろうか？）

そこで思い出したのは、先ほどのラーシュとの『練習』だ。

身動きもとれなくなるほど、彼の眼差しにのまれて、吐息に酔わされたあの瞬間。

（嫌……じゃな……い？）

答えを出そうとした瞬間、サリカは叫び出したくなるほど恥ずかしくなる。

顔が熱い。けれどちらりと見れば、エルデリックはあいかわらずにこにことしている。

まさかそんなに顔に出ていないのだろうか。そう考えたサリカだったが、突然椅子から立ち上がったエルデリックに手を握られて驚く。

《じゃあ、僕とはどう？》

「で、殿下と？」

《僕はサリカとキス、してみたいな》

そう言って艶然《えんぜん》と微笑んだエルデリックは、いつもと違う印象を受けた。可愛い天使のような微笑みとは違う。どこか先ほどのラーシュの表情に似ていて、思い出すとどうしていいか分からなくなるような、笑みだ。

視線だけで捕らえられそうな感覚に陥って、サリカは思わず逃げ腰になった。

サリカはそんな自分にも驚く。その表情で迫られることを考えるだけで、怖い。

「あの、殿下……冗談、ですよね？」

《冗談にした方がいいの？》

そう返したエルデリックは、握っていたサリカの手を持ち上げ、甲に口づけを落とす。

触れられた瞬間、火傷《やけど》をしたような気持ちになって、サリカの肩がはねる。頭の中はパニックに陥っていた。

エルデリックが何をしようとしているのか分からない。

混乱して目に涙が浮かびそうになるサリカに、

《これだけ僕相手に驚いておけば、本番も少しは緊張しないんじゃないかな？》

エルデリックは、ぱっと表情をいつもの笑顔に変えた。

おかげでサリカはようやく肩の力を抜くことができた。

「冗談だったんですね？　びっくりしましたよ殿下。でも、わたしのためだったんですね、ありがとうございます」

サリカの返事を聞いたエルデリックは、答えるのではなく、微笑んでうなずいてみせた。

◇◇◇

その場所は、王宮の外縁にある。

すり鉢状の土地の中心は、むきだしの土が踏み固められ、周囲に楕円形に柵がめぐらされていた。外側は簡素な石段が裾野のように坂に広がっている。

試合が行われる会場だ。

ここでは年に四度、国が主催する騎士の試合が行われている。

特に今日は、国王が臨席しての御前試合だ。勝者への褒賞も段違いながら、振る舞い酒などもあるせいか、王都の民や周辺の街や村からも観客が詰めかけているようだ。石段にはびっしりと人の姿がひしめいていた。

彼らは振る舞い酒を手に、談笑しながら試合会場を見下ろしている。そこでは前座として、騎乗しない剣での打ち合いによる試合が行われていた。

戦っているのは、鎖帷子《くさりかたびら》の上からサーコートを纏《まと》った年少の従騎士達だ。

勝った者に我こそはと思う者が挑《いど》み、二度三度と勝ち続ければ拍手が贈られる。さらに勝ち続ければ、観戦している国王の代理人から強者の証《あかし》として指輪が贈られた。

指輪を得ることができれば騎士叙任《じょにん》が早まるのだ。

そんな様子を、サリカはエルデリックと共に会場の中央部にある、屋根付きの王族用観戦席に座って眺めていた。

今日の結果如何《いかん》で、別な対策をとるかどうかの瀬戸際にいるサリカは、落ち着いて観覧していられない。つい考えに沈みそうになる。

「何か気になることでもあるの？」

めざとく気づいたティエリに尋ねられ、サリカは曖昧に笑って首を横に振る。

これから自分のために戦ってくれる人がいるからとは、絶対にティエリには明かせない。

眼下の戦いを熱心に見ているエルデリックの周囲では、付き添ってきたハウファやティエリ、そして召使い達が出場者の話で盛り上がっていた。

「陛下の騎士も何名か参加されるんでしょう？　イムレーディ様はいらっしゃるの？」

「参加なさるって聞きましたよ。お顔が兜《かぶと》で隠されてしまうのが残念ですけれど……」

「勝てば脱いで下さるわよ。美男子がそれをやる瞬間がいいんじゃないの」

イムレーディ氏は、壮年の騎士だ。立ち居振る舞いが上品で、若い男性に黄色い声を上げるような少女達でも、微笑みかけられると思わず目を引きつけられるらしい。昔はその美貌で王宮中の女性が彼の関心を得たくて必死になっていたとか。

「ジュラ様は？　強さで言えばあの方じゃない。去年は二度優勝されてるし」

「出るはずですよ。大きな騎馬と騎乗するジュラ様の姿は、魔王のようですわね」

「全てをなぎ倒していくような突撃の仕方は、つい何度も見たくなってしまうんですよね。圧倒的すぎて」

大柄な騎兵隊の隊長ジュラ氏は、悪役としても主役としても人気があるらしい。

「アンドラーシュ様もいらっしゃるって」

「大丈夫なのあの方？　ただでさえ細身でいらっしゃるのに。おきれいな顔に傷でもついたら、川に身を投げかねない女性が沢山いるでしょうに」

「ジュラ様とぶつかったら、柵の向こうまで吹き飛ばされかねないのでは？」

「あの方だって、騎士叙任を受けた方なんですから……。参加されるのを見るのは、初めてですけれど」

「それはもう。ご実家が裕福ですもの。試合で賞金稼ぎみたいなことをする必要もないですし、陛下に仕官を許されたのも、騎士なのに詩人になりたいあの方のありようが、大変面白かったという理由だと聞きましたわ」

「なんだか、無事でいらっしゃるだけで充分な気がしますわね。まぁでも、上位に入賞でもなされば充分に名誉なことですし」

個性豊かな騎士達の話に聞き入っているうちに、従騎士達の戦いは終了したようだ。

引き上げていく彼らと入れ替わりに、騎馬の一団が入場してくる。粛々《しゅくしゅく》と列になって入場する彼らは、右手に刃を潰した槍を。左手には兜を抱えている。

長いマントと共に風でひらめくのは、馬に着せられた様々な紋章入りの織布だ。

「あ、あれ、ラーシュ様じゃないの？」

中程にいたラーシュを最初に見つけたのはティエリだった。

指さした方向を見たサリカは、藍色の織布に王国の紋をあしらい、黄の房飾りをほどこした布を着せられた葦毛《あしげ》の馬と、黒の軍衣を纏った騎士を見つけた。

黒灰色の髪が強く吹いた風になびいて、隠れがちな灰色の目が露《あら》わになる。

どこか遠くを見るような眼差《まなざ》しがやけに似合っていた。

ラーシュの真剣な表情を見て、自分のために戦ってくれるのだと思っても、一向に心が浮き立たない。素直に頑張ってほしいと声援を送れず、ただ不安で心の奥がざわつく。

落ち着かない気持ちを抑え込むサリカの横で、ハウファがティエリに応えていた。

「まぁ、なんだかいつもより三割増しで凛々《りり》しく見えますわね」

「元は宜《よろ》しい方ですもの。いつもはけだるそうで……そこも面白いのですけれど」

「でも参加を決めたのは急でしたわよね。……まさか、誰か勝者の特権を行使したい相手がいたとか？」

ハウファと同年配の既婚の召使いが言うと、ティエリが笑う。

「それこそまさかでしょ。陛下に出場を勧められたと聞いたわよ？　勝者の特権を行使するにも、めぼしい相手と心通わせてるようには見えないし……ね？」

ちらりとティエリが視線を向けたのはサリカである。エルデリックが二人を近づけようとしている、という噂を信じているためだ。

けれど、表向きそういった艶聞《えんぶん》が発生したようには見えないのだろう。だから「どうなの？」と探るような目を向けてくるのだ。

サリカは首をかしげて笑ってみせるしかない。

ラーシュが勝てなければ、彼は行動を起こすことはない。であれば、先にそんな噂を流せば迷惑をかけることになる。祝宴の時に庇ったことでさえ、あれこれと言われたらしいので、なおさら申し訳ないというのに。

「でも、優勝した騎士様が私のところにいらして、求婚してきたら、相手が誰でもうなずいてしまいそう……」

まだ年若い召使いが、騎士達を眺めながらつぶやく。周囲が一斉に同意していた。

「お約束よね」

「自分じゃなくても、誰かそうしてもらえる人を見るのもいいわよね」

彼女達は楽しそうに話しているが、サリカを無理に会話に混ぜようとはしなかった。サリカは恋愛に関する話題を振られるのが、苦手だと知っているからだ。

サリカ自身は恋しないと決めていたから、そんな場面すら想像しないようにしていた。だって期待したら辛くなってしまう。母親と違って、自分は相手を守れないから。夢だけ見ても自分が虚《むな》しくなるだけなら、話題に混ざらずにいた方がいいと思っていた。

でも……とサリカは思いながらラーシュを見る。

ラーシュは頼れと言ってくれた。そして今、サリカの結婚話を白紙に戻すために、試合に臨んでくれている。もし、そんな風に守り続けてくれるのなら……と思い始めて、サリカは首を横に振って想像を頭の中から追い出した。

ラーシュにだって好みがあるだろう。その相手が自分では申し訳ない。

そう考えても、今日だけは、という考えが浮かんでしまう。

少しだけ、そういう気分になってもいいのかもしれないと。

でなければ、ラーシュが優勝した時に、喜んでる演技ができないかもしれないし。

言い訳を考えながら、サリカの心は右へ左へ揺れていた。気づけば、手がそわそわと衣服の裾を握ったり離したりしてしまう。

そうして悩んでいられたのも、最初のうちだけだった。

いざ一騎打ちが始まると、サリカの頭から不安以外は何もかも飛んでしまった。

間近でぶつかりあう馬の重たく鈍い音に、思わず肩をすくめてしまう。

柵で隔てられていても、その迫力は打ち消されないままサリカ達に伝わるのだ。

あんなぶつかり方をしたら、馬は足を痛めないのか。肩は痛くないのか。でも馬の肩ってどこだと思いながら、目を丸くして凝視《ぎょうし》するしかない。

以前に観戦した時は、もっと試合場から離れた席だったから、騎馬対騎馬の戦いが、こんなに荒々しいものだとは思わなかったのだ。

ラーシュが怪我でもしたらどうしようと不安になるが、その間にも場内の端から駆けてくる馬がすれ違い、盾に当たって折れ飛んだ槍の先が近くまで飛んできて、サリカは悲鳴をかみ殺した。

盾で防いだ方は衝撃で落馬したらしく、担架《たんか》に乗せられて場外へ運ばれていった。

怖くなったが、今更止めてとも言えない。試合をしたことがあるというラーシュは、これを分かっていて受けたのだろうし、今更サリカに止められても聞くわけがない。

とうとうラーシュの出番が来た時、サリカは恐ろしくて目を閉じようかと思ったが。

「え、あれ……」

鮮やかとしか言いようがなかった。

ラーシュは相手の槍をわずかに身動きしてかわし、槍で相手の盾を叩き落としたのだ。

観覧者から一斉に歓声が上がった。盾を叩き落としたラーシュが勝ったのだ。

「きゃー！　すごいわラーシュ様！」

「予想以上ね」

ティエリ達は大喜びし、隣のエルデリックも、そこはかとなく満足そうだ。

サリカもラーシュの技術に目をみはり、ようやく落ち着いて観戦できるようになった。

勝ち上がり形式のため、試合を重ねれば重ねるほど騎士達の数は減っていく。

御前試合なのでフェレンツ王も少し上段の席にいるのだが、途中で王の騎士が敗《やぶ》れてしまった時は、珍しく残念そうにしていた。

エルデリックは、倒したのが自分の騎士であるラーシュだったので、満足げだ。

このまま勝ち進んで行けるかもしれない。サリカがそう思い始めた折に、事は起こった。

次にラーシュが当たったのは、優勝候補として名前が挙がっていた騎士だ。

ラーシュよりも大柄な騎士は槍の扱いが上手く、膂力《りょりょく》でなぎ払うようにして馬上から対戦相手を落としていた人だ。

「あの騎士、槍を替えたのね」

当の対戦相手の騎士が入場してきた時、目ざといティエリがそこに気づいた。けれど誰も前に持っていた槍がどんな物だったのか覚えていなかったので、首をかしげるだけだった。

そうしているうちに、審判を行う兵の号令でラーシュと相手の騎士は馬を走らせた。

右手に抱えた槍を、ラーシュがわずかに持ち上げる。

敵側はさらに上段に構えた。

すれ違うのは、サリカの目にはほんの瞬きする間のことだ。

その全てを追いかけることができたわけではない。

ラーシュが直前で身をかわすように動き、肩口を狙った敵の槍が軍衣の端を貫く。

引きずられるように落馬しかけたラーシュは、敵の槍を盾で跳ね上げながら耐えきった。

二人の位置が入れ替わる。

そこでサリカはラーシュの変化に気づいた。

「え、血……」

ラーシュの盾を握る腕。その肩近くの袖が裂け、赤黒く染まっていくのが見える。

「斬れるだなんて……」

同じことに衝撃を受けたハウファが、眉をひそめる。

「刃を潰しても、勢いをつけたら斬れるものなの!?」

「殿下……」

サリカは一番詳しいだろう人物を振り向く。剣を扱わないサリカ達よりも、エルデリックはルールを熟知しているはずだ。

真剣な表情でラーシュを見ていたエルデリックは、サリカに言った。

《今までにも、こういうことはあったよ。けれど判断するのはラーシュだと思う》

こういうこと、と言うのなら、相手の槍の刃は潰されていないと、エルデリックは判断したのだろう。けれど止めるのではなく、ラーシュの判断に任せろと言う。

思わずサリカは立ち上がって、上の席にいるフェレンツ王を仰《あお》ぎ見る。

王族用にしつらえられた観戦席の上でラーシュ達を見ていたフェレンツ王も、何も言わない。

サリカと目が合っても、小さく首を横に振るばかりだ。

なぜ二人とも止めてくれないのだろうか。サリカは、自分のせいだろうかと思い悩む。

サリカの結婚阻止のために勝ち上がってきたというのに、このチャンスを逃したくないからフェレンツ王も止めないのか。

サリカは再びの号令の声に、はじかれたように試合場を振り返った。

怪我もそのままに、馬を走らせるラーシュの姿が見えた。

一方の敵は、怪我をしている相手だからと思ったのか、余裕をもって馬を進ませている。

観客も言葉少なに試合を見守っていたが、すぐに驚愕の表情に変わる。

相手の槍が盾に衝突するものの、表面を滑ってそれた。

代わりに跳ね返ってラーシュの兜に当たる。

その衝撃を耐えたラーシュの槍が、まっすぐに相手の首を狙った。

敵も避けたのだろう、どう動いたのかサリカには分からなくても、ラーシュの槍は肩口に当たるのが見える。

槍の衝撃に、敵の体が馬上から投げ出された。

数秒後、一人鞍上《あんじょう》に姿勢を正して座るラーシュが馬足を緩めて止まる。

振り返った彼に降り注ぐ賞賛の声。審判が勝者の名前を呼ぶ。ラーシュの名を。

ティエリもハウファも、召使い達も立ち上がって彼の名を叫んだ。

そしてサリカは、エルデリックに命じられる。

《様子を見てきてほしいな》

その言葉に背中を押されるようにして、彼女はラーシュを探しに行った。

◇◇◇

試合はそこで一時休憩となったため、人々が飲み物などを買い足しに移動していた。

サリカは柵を回り込むようにして、会場への出入り口から外へ出る。

ただ、彼女一人きりではない。後ろから騎士ブライエルが追って来ている。この日は試合で側にいられないラーシュの代わりにと、護衛をしてくれているのだ。

試合会場となる小さな丘を囲む場所には、人が集まることを目当てに、屋台が並んでいる。賑《にぎ》やかな街路の向こうに、木の柵で区切られた区域があった。林の側《そば》に天幕がいくつも張られているそこは、出場者の控えの場所だ。

その中に、藍色の織布に王国の紋をあしらい、黄の房飾りをほどこした布をまとった葦毛の馬と、黒の軍衣を纏った灰色の髪の騎士を見つけた。

早速怪我の治療をされたのか、腕には白い包帯が巻かれている。彼の周りには、フェレンツ王の騎士達の姿があった。

騎士仲間と談笑する姿にサリカは戸惑った。邪魔をしてしまうようで悪い気がしたのだ。

このまま声をかけずに帰って、ラーシュは平気そうだとエルデリックに報告しようかと思ったが、その前にラーシュの側にいた騎士が彼女に気づいた。

「おいラーシュ。ご訪問のようだ」

ラーシュが慌てたように振り返る。

彼がやや気まずそうな表情を浮かべたので、やっぱり邪魔をしたと思ったのだが、ラーシュが手招きしたので逃げようもない。

サリカは他に人がいるので正直に言うのが恥ずかしくなり、つい訪問の目的を誤魔化した。

「えーと、殿下が様子を見て来なさいっていうから、ちょっと元気かなーと……」

そのくせちらちらと視線は怪我をした腕を見てしまう。

するとラーシュは、近くまでやってきたサリカの手首を掴んで言った。

「とりあえず分かった、ちょっとこっちに来い」

ラーシュがサリカの手を引いていく。反射的に付いて行きながら振り返れば、先ほどまでラーシュの側にいた騎士達が楽しげに笑い、ブライエルもその場に留まってこちらに手を振っている。そこで待っていてくれるということだろう。

やがてラーシュが立ち止まったのは、人の気配がない林の中だった。

誰にも話を聴かれない場所に来て、サリカはほっとしながらまず頭を下げた。

「あの、ごめんなさいラーシュ」

「……なんでお前が謝る？」

「だって怪我までするとこになっちゃって……痛む？　もし辛いなら、ここで止めてくれた方がいいと思うんだ。殿下や陛下には申し訳ないけれど、一時的に田舎に帰ってうちのお母さんに保護してもらいながら、誰かと結婚したふりするとか。別な方法とるから……」

自分がロアルドの策に引っかからなければ、こんなことにはならなかった。そう思って申し出たのだが、ラーシュにきっぱりと断られる。

「それは俺が嫌だ」

「どうして？」

「お前が気にしすぎなんだよ。これぐらいの怪我なら、まぁわりとある方だ。相手の刃が潰されていないとかもな」

「え、よくあるって……でもそれって規則違反じゃないの？」

「始まってから気づいた場合どうなる？」

逆にラーシュに問われて、サリカは頭を悩ませながら応えた。

「えーと、試合は一旦停止で。違反者は失格よね？」

「場合によっては、怪我をした俺もその後出場できなくなる。治療や事情を聞かれたりして時間がかかるからな。それじゃこれまでの苦労が水の泡だ。皆、騎士ならそれを分かってる。だから誰も止めなかっただろ？」

サリカはうなずく。フェレンツ王も何も言わず、エルデリックでさえも止めなかったのは、ラーシュが試合を続けられない可能性があったからなのだ。

「勝てないと察した相手に、脅しをかけるために潰してない槍を使う人間はいるんだ。次に当たるだろう相手から金をもらって、わざと違反をする者もいる。それに、こういうのは嫌いじゃない。多少越えなきゃいけない壁は高い方が、男ってのは楽しいものなんだよ」

心配するなと言うラーシュに、サリカは理解できずに拗《す》ねた表情になってしまう。

「命あっての物種だと思うんだけど」

「それはそうだ。俺だって死ぬような真似はする気はない。さっきのあれだって、勝てると思うから続行しただけだ」

「でも、死亡事故だってあるって聞いたし、怪我してるならなおさら危ないと思うし」

人生に絶対などない。きっと大丈夫と思ってもその通りになることばかりではないのだ。

ぐずるサリカに、ラーシュはため息をつく。

呆れられただろうかと思いつつ、でも諦めて試合を止めてくれたらいいと思っていたのだが、ふいに右手首を掴まれた。

「え、なに？」

「お前は案外、自分以外のことには心配性なようなんでな。そんなに心配なら、古式ゆかしいお守りをもらっておこうかと」

「古式ゆかしいお守り？」

思い当たらずに戸惑うサリカが、手首を引かれてラーシュにぶつかってしまう。

肩を保護する鎧《よろい》に頬が触れ、自由だった左手がラーシュの鎖帷子を覆う軍衣に触れる。

それから今の状態が、まるで先日ラーシュに口づけられそうになった時と似た体勢だと気づき、サリカは一気に緊張した。

まさかお守りというのは、よく恋人同士や夫婦で、旅や戦の出陣前にする……あれだろうか。

想像してサリカは内心慌てる。こういう時に口づけをするのは知っている。帰ってきますように、という約束のためにするのだということも。

顔がぶわっと熱くなりかけたサリカだったが、かかえられるようにラーシュの腕が伸ばされたかと思うと……彼の手が頭のあたりでごそごそと動かされる。

何をしているんだろうと思えば、結い上げていた髪がはらりと落ちていく。

「こっちは返しておく。試合終了までに件の暗殺未遂事件の犯人がまたなにかしてきたら、突き刺してやるつもりで手に持っておけ」

そう言ってラーシュが差し出したのは、髪留めのピンが数本。

「こっちはもらっておく」

ラーシュは手に持った深緑色のリボンを、包帯の上から巻き付ける。

「え、それってわたしのリボン……お守り？」

自分の持ち物をお守り代わりにされて、サリカは戸惑う。

「知らないのか？」

ラーシュにそう言われたが、サリカとて知らないわけではないのだ。

戦場では慕う相手の持ち物を身につけることで、お守りにするという慣習があることは。

「いや知ってはいるけど……そんなものでいいの？」

サリカの持ち物で、果たしてお守りになるのか。むしろこんな目に遭っているのはサリカのせいなので、呪いのアイテムにならないだろうか。

思ったことを言ったら、聞いたラーシュが吹き出した。

「なら、俺はお前以外の誰からもらえばいいんだよ？」

「う……まぁそうかな」

優勝したらキスしなければならないのに、他人様からお守りをもらうわけにもいくまい。納得したサリカだったが、自分の騎士のようなことをしてくれると思わなかったために、まだ戸惑う。

それでも「もう時間が来るから戻ろう」と歩き出したラーシュを引き留め、言うべきだろうことだけはなんとか口にした。

「あのね、ラーシュが死んだりしないって信じるから、その……ご武運を」

物語のような様式的なお守りをほしがったラーシュに、サリカは様式美だろうと彼の勝利を願う。するとラーシュは目を見開き、やがて彼にしては驚くほど柔らかな笑みを見せた。

「ああ、もちろんだ」

その笑顔に、熱が上がった時のようにめまいがしそうになったサリカは、逃げるようにブライエルと一緒に会場へ戻った。

席に戻ってサリカは一息ついた。

けれどこの後、あのお守りのせいでさらに恥ずかしい気持ちになった。

馬を進める騎士達の中、腕に巻いた緑色のリボンが風になびいて大きく揺れている。

自分のものだと分かっているので、一緒に連れ歩かれているようで気恥ずかしい。

風に揺れるほどけた自分の髪が、心許《もと》なくて手で押さえる。

そうすると、今度はラーシュがほどいた時の感触を思い出して……そんな時にラーシュとふと視線が合ってしまい、わけも分からず焦って逃げ出したくなるのだ。

小さい頃、騎士が主役のおとぎ話を読んでいるときは、こんな気持ちになるとは思いもしなかった。お姫様が「苦しい時にも貴方の側にいられるように」と願いをかけてリボンを結ぶお話に、サリカは感動したのだ。でも自分のものを身につけた騎士を見て、恥ずかしさにもだえるものだとは思いもしなかった。

お姫様というものは、もしかして鈍感力がすごいのだろうか？　確かにエルデリック殿下も、衆目に晒されても平気な顔をしているし。相当心臓が強いに違いない。

一方、サリカのリボンがないので、出所があからさますぎて泣けてくるのだが、なのに周囲が騒がないのは、ひとえにラーシュのせいだ。

……彼は一人だけ、兜を被っていないまま入場してきた。

槍が当たった時、死亡することだけは避けるために、皆兜を身につけているはずだ。その状態で大丈夫なのかと周囲がうろたえていた。それに比べれば、サリカのリボン事件など些細《ささい》な事だったのだろう。

「大丈夫ですの？　ラーシュ様は」

「あれは規定違反にはならないのですか、殿下」

ティエリですら真っ青になり、ハウファはエルデリックに尋ねている。女官達よりもルールに詳しいエルデリックがうなずくや、周囲の召使い達から呻《うめ》き声が上がった。

サリカも唇を噛む。どうしてラーシュはあんなことをしているのか。なんらかの支障が生じたのだろうとは思うが。

そのうちに、どこかから情報を仕入れてきた召使いが戻ってきて、先の対戦で兜が一部歪んだせいだと伝えると、皆さらに不安そうな表情になった。

サリカは思わず自分の両手を組み合わせて祈ってしまう。

お願いだから、怪我しないで、と。

それだけを念じながらじっと座っていた。

そして試合が始まる。

開始位置についたラーシュを見て、サリカは泣きそうになった。

止めることもできない中、号令と共に二騎が疾走する。

近づいていく二人の騎士の距離。しかもラーシュがやたらに速度を出している気がした。

槍を盾で防いでも、自分の勢いの反動で大怪我をするのではないか。そう考えてしまったサリカは、気づけば目を閉じてしまった。

怖い。

心の中で叫んだ瞬間に脳裏をよぎったのは、ずっと昔の記憶だ。

小さかった自分と、そう変わらない背丈の男の子。背中に庇ってくれたその子も耳を塞いでしゃがみこんでいて、周りを囲んだ大人達も耳を塞いでいた。

それは七歳の頃、一度だけ人攫《さら》いに遭った時のことだった。

逃げようと思って、サリカは自分の能力を使った。けれどサリカの力は確かに発揮されていたのに、人攫い達は行動を止めることもなかったのだ。

不愉快そうに顔を歪め、振り上げられた拳が男の子に振り下ろされて——

どっと重たい砂袋を地面に落としたような音に、サリカはびくりと身を震わせた。

続いて割れんばかりの喝采《かっさい》が聞こえ、近くからも金切り声のような歓声が上がった。

ティエリや、いつもは静かなハウファの声まで聞こえる。

「勝った！」

「とうとう決勝よ決勝！」

まさか、と思って目を開いたサリカが見たのは、槍を振り上げて自分を称《たた》える観客に応えるラーシュの姿と、落馬して失神したのか身動き一つしない対戦相手。

ラーシュは笑みを浮かべていないものの、他に怪我もなく、サリカ達の方を見てエルデリックやフェレンツ王に一礼してみせる。

「勝っ……た？」

つぶやけば、脳裏に声が届く。

《ラーシュが勝ったよ、サリカ》

振り向けば、エルデリックがうなずいてくれる。
少しほっとしたサリカに、エルデリックは続けて言った。
《サリカ、ラーシュが君のために戦ってくれるのは、嫌なの？》
「え……」
尋ねられた内容に、サリカは不意をつかれたように戸惑う。
《嫌というわけでは……》
《僕が剣の練習で勝った時は、もっと喜んでくれたよね。ラーシュじゃだめなの？》
《そうじゃないんです》
サリカはため息をつき、端から見るとエルデリックを黙って見つめ続けている状態はまずいので、前に向き直って心の中で答える。
《たぶん、殿下がこの試合に同じような理由で出場したなら、やっぱりわたしは……怖くなって、大喜びできなかったと思います。殿下がわたしのせいで怪我をしそうになっても、こんな人が沢山いる場所じゃ助けられない。殿下が大事なのに、そんなことさせられません》
サリカは自分が七歳の頃のことを引きずっていると、分かっている。そのせいで他人を守れずに傷つけられてしまうことが怖いのだ。
するとエルデリックは言う。
《じゃあ、ラーシュも大事？》

サリカは逡巡《しゅんじゅん》した。いつもいつも、エルデリック相手には大事ですとか、大切だという言葉を言っていたし、何回でも素で言える。

けれど他の人に対しては言葉に詰まる。エルデリックはどれだけサリカが愛情を示しても、沢山の人に守られるとても安全な人で、他の人はそうではないからだ。

厳重に守ってもらえる存在だから、サリカが心を傾けても、エルデリックは誰かに攫われたり傷つけられたりしない。サリカの半端な力で守れずに、失うこともないから安心していられるのだ。

だけどラーシュは。

サリカの声があれば彼は強くなれる。それが分かっているから、迷惑をかけて申し訳ないと思っても、不安になることはなかったし、大事というよりは、今までは協力者という意識が強かった。

けれど一緒に過ごす間に、たぶん彼を協力者以上には思えるようになっていた。

最初はフェレンツ王に命じられたからとはいえ、保護者みたいにサリカのことを守ってくれた。それだけではなく、怖がった時には抱きしめて帰ってくれた。サリカがお見合いを回避するために、随分なことも受け入れてくれた。

そんなラーシュだからこそ、手助けができない状況で、怪我をした彼にもうやめて欲しいと言うほどに大事だと思う。

《大事……です。なのにラーシュに怪我されたら、と思うと……》

見ていられない、とサリカは告げる。

《大事ならちゃんと見てあげないとだめだよ、サリカ。僕ならそうしてほしいと思うよ。せっかくサリカのためだけに戦ってくれてるんだ》

もう一度振り向けば、エルデリックは穏やかに微笑んでいた。

《ラーシュだってせっかく勝っても見ていてくれなかったら、すごく拗ねると思うんだ》

付け加えられた言葉に、サリカはちょっと笑って……今度は目をそらさないようにしようと思った。それで少しでも、ラーシュに報いることになるのならと。

——が、決勝戦が始まってすぐ、サリカはそれをひどく後悔する。

「う、ううぅぅ」

試合を見てはいる。顔を覆った指の隙間からだが。

左右を見れば、ハウファも口元を押さえているし、ティエリも不安そうな表情だ。

既《すで》に三度激突したラーシュ達は、お互いに折れた槍を取り替えていた。その頬には飛んだ破片で小さな傷ができたようだ。

それだけならまだしも、先ほどは兜のないラーシュの頭の横を相手の槍がかすめていくのを見た瞬間、サリカは心臓が止まるかと思った。今もまだそれが尾を引いて、胸がどきどきしたままだ。

相手の方も二度落馬しかけていた。一度はラーシュの槍を避けるためで、もう一度は鎧の肩をかすめたせいだ。

観戦しているエルデリックの表情からも、笑顔が消えている。

《ラーシュ、思ったより腕の怪我が痛むのかな》

つぶやかれたエルデリックの心の声に、サリカはラーシュの腕を見る。遠目なのではっきりと分からないが、包帯の上に血が滲んでいるように見えた。

これ以上の大怪我をしたり、落馬して骨折などしたらどうしよう。本当は例の能力を使ってラーシュを無敵状態にしたいが、ラーシュに手出しはしないように言われている。実行したら、サリカのことを許してはくれないだろう。

「勝敗ってどうすれば着くんだっけ……」

後ろで召使いの女性達が囁き交わす。

「肩や胴に槍先がきちんと当たるか、馬から落とすかよね？」

「どっちにしろ、当たればまず落馬するものね……」

話の内容に、サリカはぞっとした。

槍が当たって打撲傷になるのも怖いが、落馬だってかなりの衝撃を受ける。とにかく無事でいてくれと思いながら走り出したラーシュを見つめた。

四度目の衝突。

双方とも盾で相手の槍を防いだが、ラーシュは腕の傷が痛むのか、大きく体が揺らいだ。

槍は盾の端を滑ったからか、ラーシュも相手も折れていない。

仕切り直して、五度目が開始された。

まっすぐに相手へ先端を向けられた二本の槍を、防ぐように掲げられる盾。

衝突する寸前に、ラーシュがわずかに姿勢を低くしたように見えた。

次の瞬間、槍が折れ砕ける音と共に、二人は馬上から投げ出されそうになった。

相手は仰向けに馬から落ちかけている。

ラーシュは横倒しになりながらも鞍《くら》に手を伸ばし、馬にしがみついて耐えている。

全ての人が固唾《かたず》を飲んだように、一切の音が途絶えた。

そこに、相手の騎士が落馬する鈍い音が耳に届く。

ラーシュが馬上で体勢を戻し、盾を持つ左手を挙げた。

会場に詰めかけた人々が、荒れ狂う波のような歓声を上げる。

思わずサリカは立ち上がった。

ティエリ達も立ち上がって、サリカの腕を引きながら目の前の柵まで駆け寄っていく。

ラーシュはサリカ達の近くまで馬を進め、駆け寄ってきた兵に手綱や盾を預けて、地上に足をつけた。少しふらついたものの、ひどい怪我はしていないようだ。

そして彼の前に、開かれた柵から試合場へと出たフェレンツ王が立つ。

ラーシュは王の前に膝をついて頭《こうべ》を垂れた。

勝者の名前を会場に響かせるフェレンツ王に続いて、言祝《ことほ》ぎの声と、拍手が観客からラーシュに贈られた。

それをラーシュはなんでもないような表情で受け止めていた。既に少しだるそうな雰囲気を見せている所に、サリカは笑いそうになる。

けれど笑い声は上げられなかった。

喉が震えて、声が裏返ってしまいそうで。あげくに目が腫れぼったくて、いつの間にか浮かんでいた涙のせいで、すぐに目の前が滲んでくる。

ただ見ているだけの時間が終わって、ようやくラーシュのことを心配しなくても大丈夫だと思うと、なおさらに涙が止められなかった。

少しぼやけた視界の中、フェレンツ王がラーシュに問いかけた。

「勝者に試合の賞金と剣を与える。そのほかに、何か望むことがあれば言いなさい」

「では、ある女性に祝福の口づけを請うことを、お許し下さい」

彼の答えに、続けて新しい余興が見られるという喜びで会場がざわめきに包まれる。

フェレンツ王の許可をもらい、立ち上がったラーシュが目を向けたのはサリカだ。

まるで物語のような流れに、ティエリ達が黄色い声を上げて喜んだ。けれど彼女達は、ふっと心配するようにサリカの顔を覗いた。

「大丈夫？」

「泣きすぎよ、はいこれ」

ティエリに渡された手巾《しゅきん》で、サリカは大丈夫だとうなずきながら涙を拭《ぬぐ》う。

それでも泣きやまない自分に戸惑った。

もうラーシュは勝ったし、試合も終わったのだ。彼がこれ以上、能力を使わずに戦って怪我をすることもなくなった。安心していいはずなのに、ぽろぽろと、すくった手からこぼれる水滴みたいに涙が出てくるのだ。

ティエリの手巾のおかげで、前よりも周りがよく見えるようになる。ティエリ達は心配そうに、そして仕方ないなという表情で少し離れていった。

フェレンツ王もいつも通りの暖かな笑みを浮かべていて、その側にはいつの間にかエルデリックが立っていた。

そしてラーシュは、柵の外側へ出てまっすぐにサリカの目の前にやってくる。

「お前、どうして泣いてるんだ？」

ラーシュは困ったような顔をしながらも微笑んでいる。

「だって、もっと大きな怪我をするんじゃないかと思って」

心配で何もできないことが歯がゆくて、辛かったのだ。大事な相手を守れないというのは、こんなにも苦しいのかと思ったほど。

「もうこんな危ないことしないで……。怪我するのを見るのは怖いよ。何かあったら今度は絶対にこんな手は使わせないんだから」

どんな手段を使ってでも、ぎりぎりの状態で戦うのは見たくなかった。

なのにラーシュは笑う。

「無理だよ。お前のためにたぶん何度でも危ない橋は渡ることになるだろうからな」

サリカは言い返せない。なにせ、まだ自分は殺されそうになっている身だ。

けれど子供みたいにかんしゃくを起こして、泣き声を上げそうになる。

なぜこの人はこんな時まで、サリカを安心させる言葉をくれないのかと。どうして心配だって分かってくれない、と。きっと心配しすぎて、自分はひどく我《わ》が儘《まま》になっているのだろう。

サリカは頭の隅でそう思う。

「ラーシュのいじわる……」

サリカは思わず悪態をついてしまう。

それでも彼を頼るしかないのだ。傷つくかもしれなくても、サリカを間違いなく守ってくれるこの人を。そんな彼に、これだけは言わなくてはならないと思った。

「勝ってくれてありがとう。かっこよかったよ。それにちょっと、本当はおとぎ話のお姫様に憧れて、でもわたしには無理だって諦めてたから……嬉しかった」

するとラーシュがふっと笑ったのが分かった。

「まいったな……。本当にお前にはかなわないよ」

彼の声に照れが混じっていることが分かる。喜んでくれたのだ。

それが感じられてサリカも心の緊張がほどけて……さらに泣いてしまいそうだった。

しかしそんなことをしている場合ではない。ロアルドとの結婚を回避するために、彼にキスを贈らなければならないのだ。

目を瞬いて涙を散らして見上げる。

それでも残った涙を、ラーシュが指先で拭ってサリカの頬を包み込む。

「俺に祝福をくれるか？」

ラーシュの眼差しは、見つめ返しているとサリカの体の奥をじわじわと焦《こ》がしていくような熱を持っていた。そのことに戸惑いながらもサリカはうなずき、膝を曲げて少し身をかがめてくれたラーシュに顔を近づける。

泣きすぎたせいか恥ずかしさがぼやけてしまった。けれど代わりの弊害が生じていた。

「どうしよう、なんか、よく見えなくて。ちゃんとできなかったらごめん」

涙で滲んで、ぼんやりとしかラーシュの目鼻が判別できないのだ。見当違いのところにキスして、ラーシュが笑われるかもしれないと思ったサリカだったが、

「……ならサリカ、目を閉じてろ」

言われてサリカは素直に従う。

泣きすぎたのか、目が腫れぼったくて閉じると楽だった。頭を支えるように手が回されて、自然にサリカの顔が上向く。

そして少し温度の低いやわらかな感触が、サリカの肌に触れる。

最初は両方の目元。それから頬を滑るように涙を拭い、唇に触れた。

ラーシュとキスしてる。

そう感じた瞬間、周囲の声が遠ざかって聞こえなくなった気がした。

ティエリ達の楽しそうな悲鳴や、遠くからはやし立てるような声も聞こえたはずなのに、サリカは急に静かな場所へ閉じ込められたように感じる。

長すぎるのではないかという時間の末、ラーシュの唇がさらに強く押しつけられる。

驚いた瞬間に滑り込んだ熱い感触に、ほんの少し涙の味がした。

慌てる間もなく、ラーシュの唇は離れて行く。

その口づけは、何かとても大切な約束を結んだように感じられて、サリカの開いた目に新しい涙が浮かんだ。

◇◇◇

昔、ラーシュにかけられる言葉と言えば、全て命令だった。

――貴方の考えなど必要ないわ。怪我をしてもどうせ動けるのでしょ。大人しく命令だけ聞いていればいいのよ。さぁ、従いなさい。

そう言って嫌でも従わされて、人を殺させられていた。

怪我を負っても、修理が必要な玩具《おもちゃ》のように扱われるだけ。

そんな自分に、同じように命令できる立場でありながら、怪我を心配し、命令を嫌がるサリカは実に物珍しい人間だった。

いつしか仲間のように思い始め、守らなければならない相手だと認識し……今、目の前で泣きながら自分を迎えたサリカの姿に、ラーシュは戸惑う。

勝った後、サリカは恥ずかしそうにしながらも安心すると思っていたからだ。

やがて思い当たる。怪我を心配していたことを。

ラーシュが戦う姿も、敵を切り倒す姿も見ているはずなのに、今回サリカはひどくラーシュの怪我を嫌がった。でも、泣くほど嫌がっているとは。

そういえば、今までサリカがこんなにも泣きじゃくったことがなかったなと思う。

殺されかけた時も、体が震えて歯の根が合わない有様だったが、サリカは泣いたりしなかった。なのにどうして今泣いているのかと理由を聞けば、サリカは心配だったと答えた。

ラーシュが傷つくのが怖いと泣いて、もうこんな目に遭わせないと、まるで母親のように言われて、ラーシュは苦笑いするしかない。

人が注目しているのにキスの前から抱きしめては、サリカの迷惑になるかもしれない。

それくらいに嬉しかった。

もう戦わなくて良い、逃がしてあげるから。そんなことを言ってくれたのは、ラーシュをバルタに逃がしてくれた伯父だけだったが、サリカならきっと同じようにしてくれただろう。

理解しているからこそ、ラーシュはサリカに無理だという。

サリカに母親のようなことをされては、当のサリカが守れない。

いじわるだと拗ねたサリカだったが、震える声でラーシュに言った。

物語のお姫様になれたみたいで、嬉しかったと。

恋を諦めていたサリカが、恋愛に関して冷めた見方をしているのは知っていた。そんな彼女に『諦めていた事が叶《かな》った』と言われて、ラーシュはもうだめだと思った。

ラーシュは空を仰いで、いるかいないか分からない神に降参したい気持ちになる。

思った以上に変態な上、おかしなことを考えては一人で穴に落ち、意外と頑固で、自分の結婚と人生がかかってるのに、ラーシュが怪我をしたら泣いてしまうようなサリカだというのに
……好きだと思った。

むやみに人を殺して生きていた自分を、物語の騎士のようだと認めてくれた彼女が。

泣きながらも微笑んで、自分にかっこよかったなどと言うが、サリカはもちろんそれが殺し文句に近いとか、確実にラーシュに効果を発揮したとは思いもしないのだろう。

こんなにも想われて、告白まがいの言葉を受け取ったのに落ちなければ、ラーシュが自分自身の精神の欠陥を疑うところだ。

むしろ、こんなに一途《いちず》に想っているような台詞《せりふ》を吐きながら、サリカは本当に何の自覚も無いのかと驚いているくらいだ。

だから自分から口づけた。

少しは気づいてくれないかと思いながら。

さらに深く口づけても逃げない彼女に、捕まえたという言葉が、心の中に浮かんだ。


とはいえ、さらに泣き続けるのはラーシュにとっても想定外だった。

「え、おい、そんな嫌だった……か？」

キスに観衆が沸くなかでも、サリカはまだ涙が止まらない。実は自分の勘違いで、本当はキスも嫌だったのではないかとラーシュはうろたえた。

しかし、サリカがぎゅっと目を閉じてとぎれとぎれに答える。

「や……じゃない……」

ラーシュは思わず自分の口を手で覆いたくなった。

なんだこれ！　と大声で叫びたい。サリカが素直すぎてたまらない。

むやみにそのまま駆けだしていって、もう一度試合をしてきたいような気分になる。けれどそんな奇行を人前で晒すわけにはいかないと、ぐっと我慢する。

表情も、普段からあまり変わらないおかげで、喜びが前面に出てはいないと思う。

一方のサリカは、借りた手布で目元を押さえながら、ラーシュの軍衣を握り締めて離さない。

この様子では、自分がなにをどう言ったのかも、分かっていなさそうだ。

とにかく泣き止まないサリカをそのままにしておけないと考え、ラーシュはフェレンツ王に断りを入れた。

「彼女の具合が良くないようなので、連れて行かせて下さい」

フェレンツ王がうなずくのを見て、サリカを抱え上げる。

もちろんいつもの御前試合の流れでは考えられない行動に、観客や見ている王宮の人々も驚く。合間に、喜んでいるような悲鳴も混じっていたが。

けれど同僚は事情に気づいてくれたようだ。

ハウファという女官が、サリカが握っていた手巾を、絞れば水がしたたりそうなほど濡《ぬ》れたものから、乾いた新しいものに取り替え、短く言った。

「サリカを頼みます」

抱き上げられたサリカも、驚いたのか嗚咽《おえつ》がそこで止まった。けれど抵抗もしない。むしろ見られていることを思い出したのか、恥ずかしそうに縮こまってラーシュに隠れられないかと身を寄せてくる。

その場から逃げるように立ち去ったラーシュは、見送るエルデリックの寂しげな眼差しも、それなのに口元に浮かぶ笑みも見ることはなかった。

ラーシュは人のいない場所を探して、サリカのリボンをほどいた場所へ再び戻ってきた。

ようやく泣き止んだサリカが、自分の状況に申し訳なさそうな顔をしていた。

「ラーシュ、あの、腕は痛まないの？　重たくない？」

鼻声になりながらのサリカの気遣いが、どうにもこそばゆい。

「お前より槍の方が重い。気にするな」

そう言って進んだ先に倒木があった。

とはいえサリカは山歩きをするような格好をしているわけではない。緑地の長衣も王子に仕える女官らしく絹を使っている。汚すのも破くのも可哀想だろうと思ったのと、もう一つ別な理由から、サリカを膝の上にのせてラーシュは倒木に座った。

「あのっ、ラーシュ、ちょっと……！」

さすがにサリカもこれには慌てたようだ。子供でもないのに異性の膝の上に座るなど、とんでもないことではある。

「そうは言っても、俺もさすがに疲れた。お前だって立ってるのは辛いだろ。服を汚させるのも悪いから、そのまま座っておけ」

ラーシュの言葉にサリカは大人しくなる。

それでも支えるために腰にまわされた腕が気になるのか、しばらくは落ち着かなさそうにみじろぎするので、自分にもたれかかるようにサリカの頭を自分の肩に押しつけた。

「ラーシュ、鎧が痛い」

丁度肩当てのところに頬をくっつけたサリカが、まだ涙声が混じる声で文句をつけてくる。

それでも振り払って起き上がろうとはしない。泣きすぎて疲れたのだろう。

「少し休め。目の腫れが引いてからの方が戻りやすいだろ」

「うん……」

サリカは素直にラーシュの勧めに従ってくれる。だから黙ってサリカを抱きしめていた。

何度か抱えたことがあるせいか、サリカの体が自分に馴染んで感じられて、ラーシュはやけに落ち着く気がした。サリカの方も、一度身動きして寄りかかりやすい体勢を見つけてからは、ラーシュにくっついたままだ。

そうしていると、ふいにサリカが言った。

「ラーシュ、聞いてくれる？」

うなずけば、ゆっくりとサリカは話し出す。

「わたしね、昔誘拐されかけたことがあるの。街はずれの森を遊び場にしてたんだけど、そこは子供を攫って売ろうとした人間にとっても、良い狩り場に見えたらしくて」

「人狩りに捕まって……逃げたのか？」

「最終的にはお母さんが助けに来てくれたの。けどその前に、一緒に攫われそうになった友達が、わたしのこと庇って殴られて怪我したのよ」

ラーシュはサリカに続きを促《うなが》した。この話はサリカの行動や考えに対する、ラーシュの疑問に答えてくれるものだと感じたからだ。

「その時ね、わたしは能力を使って人攫いを倒そうと思ったの。怖い力だからむやみに使っちゃいけないって言われていたけど、今こそ使うべきだと思って。だけどね、わたしって本当にうまく力を使えなくて」

サリカの能力は、確かに一瞬だけ効果を現した。けれど雑音程度の影響しか与えられず、苛《いら》立《だ》った相手がサリカを殴ろうとして、友達は彼女を庇って怪我をした。

そしてサリカは絶望したのだ。

「わたしじゃ誰も守れない。大事な人ができても、友達みたいに守れずに怪我をさせてしまう。能力のことを知って自分を狙う人がいたら、迷惑をかけるばかりだって、そう思った」

結果、サリカは決心した。絶対に自分は大切な人を作らない。結婚なんてもっての他だと。

「でも殿下は、国で一番守られる人だもの。安心して大好きでいられたの」

「それで執着したのか……」

ラーシュにも、ようやくエルデリックへの執着の理由が分かった。

確かにサリカは、幼少の男の子をのべつまくなしに可愛がりたがるわけではない。エルデリックだけに執着していたのは、彼を守る人間が沢山いるからだ。

「ラーシュのことも、本当は恋人役なんてさせたくなかった。でも、わたしの命令があればラーシュには誰も敵わなくなるから、それで安心してた。なのに今回は、わたしの能力を使わないで戦うっていうから……」

怖かった、とサリカはつぶやく。

「もうこんな思いはしたくないの。ラーシュが絶対大丈夫だって言ってくれたことを信じたいけど、それでもわたしのせいで大事な人が怪我をするのは怖かったのよ。泣いたのはそういうわけで、別に……キスが嫌だったからとかじゃないのよ」

どうやらサリカは、移動する前にラーシュが嫌だったのかと尋ねたことを気に病んでいたらしい。嫌だと誤解されて、ラーシュが傷つくのを回避しようとしたのかもしれない。

そんな気遣いよりも、ラーシュは「大事」という言葉に息を飲んでいた。

大事な人を作らないようにしてきたと言うサリカが、自分のことを大事だと言ったのだ。

おそらくは、ラーシュの異常な強さを発揮する能力を見て、エルデリックのように好きだと思っても安心できる相手、だと分類していたのかもしれない。

そんな相手が怪我するのを見て、サリカはトラウマになった出来事を思い出し、泣くほど不安になったのだろう。

ラーシュは笑いたくなった。サリカは自分の気持ちもよく分かっていないらしい。

　そんなサリカだから、つい抱きしめる腕に力を込める。

「嫌じゃないって、さっき自分で言ってただろ」

「え？　言った？　でもほら、誤解がないようにしとかないと……って、ラーシュ痛い。鎖帷子が痛い」

「ああ、悪い。お前がうっかり落ちそうな気がして」

　ラーシュは嘘をつきながら腕から力を抜く。それでもサリカはラーシュを嫌がって逃げたりはしなかった。また安心したようにもたれ続ける彼女に、ラーシュは思う。

　案外素直に人のことを信じてしまうサリカが、いつになったらわざと膝の上に座らせたことに気づくのか、そうしたいと思った理由に気づいてくれるのだろうかと。


　その頃、試合会場の観客席は、出て行こうとしながらも話で盛り上がる人々が多く、ざわめきに満ちていた。

　彼らの話題は、優勝者の騎士と、彼が口づけの祝福を受けた女官のことだ。

　大泣きしていた女官の様子に、相当心配していたんだろうと微笑ましそうに言う者。どこから耳にはさんだのか、女官の方が祝宴で別な男に口づけされていたという話も広まっているようだ。

　取り合われるという状況に、人々は好奇心を刺激されながらも、優勝者に祝福を与えるという行為から、恋愛の勝者も騎士に軍配が上がるだろうと言う声が聞こえる。

それでも充分だ、と国王の後ろに従って試合会場を後にする女官長は思った。

今回のことで、サリカの結婚相手は決まったようなものだ。大々的に注目を集めた以上、長く恋人同士の状況のまま、曖昧にすることはできないだろう。

「これで、助かるはず」

サリカは殺されなくて済むと、女官長は息をついた。

◇◇◇

彼は、川の中を流れていたはずだった。

濡れた服が重くて浮かび上がれず、藻掻《もが》きながら流されたはずなのだ。

それもこれも、全てはあの騎士のせいだ。

賭け事で負けた金をナシにしてくれる約束で受けた、女官の殺害。かよわい女官相手なら、すぐに終わる仕事のはずだった。

なのに人とは思えない速度で崖を駆け上がった騎士が、女官を抱えて走り、追いついた馬車ごと彼らを崖下へ放り込んだのだ。

「ばけ……もの」

化け物としか言いようがない。人にあんな行動は不可能だ。

しかも女官の方も化け物同然だった。

「あの娘が、もう一人の女を何かで眠らせた……」

そして彼は、つぶやいた自分の声で目が覚める。

視界に映ったのは、煤《すす》けた黒い天井。組んだ丸太の形がよく見える。そして側にいたのだろう、彼に声をかけてくる男がいた。

「おい、お前目が覚めたのか!?」

話しかけてきた男は、年格好から見て川で漁をして暮らしている者だろう。

彼は咳《せ》き込み、その男に水をもらってからようやく言った。

「俺はどれだけ流された？　王都はここから遠いのか？　王都の、ある人に連絡してくれ」

自分が無事だったことを、賭けの相手に伝えなければならない。計画は上手くいかなかったが、あの女官と騎士のことを伝えれば、賭けの金は払わずに済むかもしれない。

そうしたら無一文になった上、素行不良だと解雇されることもなく、今まで通りの暮らしを続けていけるだろう。

とにかく、彼が失敗したせいで、殺せなかったわけではないと分かってもらわなければならない。

相手が悪すぎたのだ。

人とは思えない動きをする騎士と、ほんの短時間で人を眠らせてしまうような女官では、誰だって簡単には殺せなかっただろうから。

お見合いはご遠慮します　番外編

Don't want to do the marriage meeting. Extra edition.

番外編　祝宴の前には練習を

サリカは薔薇《ばら》色の絹の上に指先を滑らせた。

この衣装をエルデリックから渡されたのは、つい三日前のこと。

ハウファが衣装を捧《ささ》げ持つ横で、エルデリックが可愛らしく笑みを浮かべて言ったのだ。

《サリカも祝宴に出てくれるんだよね？》

……正直言って、出たくなかった。

サリカは目立つことが嫌なので毎回断っていたし、主のエルデリックも出ることはなかったので、今までは付き添いをするために出席をする必要にも迫られず、ほっとしていた。

今回は確かにエルデリックが初めて出席する祝宴、という晴れの日ではあるけれど、ハウファ達もいることだし、無理に自分が出なくても……と思っていたし、そのように周囲に言っていたのだ。

なのにエルデリックは、問答無用で衣装を準備していた。そして出席してくれなければ嫌だと、駄々をこねた。いつもなら、目立ちたくないサリカのことに配慮してくれるのに。

困惑するサリカの耳に、扉をノックする音が届く。

「サリカさん、そろそろ」

扉の向こうから声をかけてきたのはハウファだ。

これから、エルデリックのためにダンスの練習をすることになっているのだ。

祝宴というと、整えられた席で食事を楽しむことを主目的としたものが通常の形式だ。けれど今回の祝宴は、舞踏会だ。

乾杯を叫んだ後は、ほとんどの者が様々なテーブルを渡り歩いて談笑する。

そのため食事はごく軽いものばかりだ。話をする体力を持たせるため、ほとんど全ての出席者が一度家で食事を済ませている。

その間に流れるのは、国王が招いた芸人の歌声だ。

歌が終わり、しばらくして音楽が奏でられ始めると、そこからは舞踏会となる。

エルデリックはまだ成人していないので、長く参加するわけではないが、何人かとは踊ることになるだろう。

主な相手は、王太子妃候補の少女達だ。

そうであるからには、なるべく失敗などしない方がいい。エルデリックの威信を保つためにも、できれば誰の目から見てもほどほど以上を目指す必要がある。

そのための練習なのだが、正直エルデリックに練習は必要だろうか、とサリカは思う。

「まああ、殿下素晴らしいですわ！　さ、もう少し背筋をお伸ばしになって」

ダンスの指導をしている王家縁戚の公爵夫人が、目に入れても痛くない孫を見るような顔をして、エルデリックを褒めちぎっていた。

けれどおべっかを使っているわけではなく、エルデリックは実に綺麗《きれい》に踊ってみせるのだ。十二歳だというのに、その姿はひどく凛々《りり》しく見えるほど。

「さすがは殿下……」

サリカも公爵夫人に負けず、うっとりとその姿に見入っていた。

けれど内心では、焦《あせ》りを感じていた。

祝宴を避け続けてきたツケが回ってきたのだから。

貴族女性などが祝宴に出席するのは、結婚相手を探すという目的もある。

家格や財産や容姿もろもろから婚姻を打診するにしても、長い結婚生活を送るにあたって、誰もが少しでも気の合う人、好ましい相手を望むものだ。容姿に自信がある者なら、家にこもっていては目にすることができない最良のカードを引き当てるために参加する。

それら全てがサリカに関係ないことだった。

よって踊る必要はなく、女官として最低限それくらいはできないと、と言われて一度は覚えたものの、数年放置していたため上手く踊れる自信がなかった。

こうしてエルデリックや、練習のために相手をするティエリの様子を見ても、この中で一番見劣りするダンスしかできないだろうことを、ひしひしと感じていた。

出席するのだから、サリカも一度踊らねばならない。

あまり無様な姿を晒《さら》せば、エルデリックの評判を落とすことになりかねない。

自分も練習した方がいいとは思う。本当はこっそり一人で練習したいが、現在のサリカは襲撃を受けて間もない。

誰も目の届かない場所に行こうとするわけにはいかないのだ。

けれど誰かに頼むのは恥ずかしい。

夜、部屋の中でこっそり、足運びだけでも予習しておこうか。それで足りるだろうかと考えていたサリカは、一曲終えたエルデリックからの声にはっと顔を上げた。

《せっかくだから、サリカとも練習したいな》

エルデリックはそう心の中で言いながら、他の人々にも分かるよう、次はサリカと踊りたいと示すために、指を差してくる。

なんという渡りに船！

堂々と練習できる上、エルデリックと踊ることができるなんてとても嬉《うれ》しかった。

「やります！」と言いたかったのだが、今の自分のダンスの腕を思い出す。

わりと本気で、エルデリックの足を踏んでしまうのではないか。

大事な王子の足を踏むだなんて、とても恐ろしくてできない。エルデリックが心の中で痛いと言いながら苦しそうな顔をしたら、サリカはひれ伏して謝った後、もう顔を合わせられないほど後悔するだろう。

それだけはだめだ、とサリカは涙に目を潤《うる》ませながらエルデリックに告白した。

「申し訳ありません殿下。本当はお受けしたいのですけれど、わたし、とても踊るのが苦手なのです。そのせいで殿下に怪我をさせるなど……っ、とても耐えられませんっ」

無念、と頭を下げて言うサリカに、さすがのエルデリックも無理強《じ》いできないと思ったのだろう。

エルデリックも一緒に練習するのは、諦《あきら》めてくれたのだった。

しかしサリカの問題が解決したわけではない。

「……どうしよう」

あいかわらず自分は踊れず、明後日は無様な姿を晒すことが確実になりつつあったのだ。

さっき、上手く誰か別の人と練習させてもらえばよかっただろうか。いやいや、エルデリックの練習時間に、自分が便乗してはいけない。

かといってこのままでは恥を晒すことになる。

全力でダンスを拒否して回るか？　なんとか陛下の後ろにでも隠れられないだろうか。

でも祝宴に出席していたら、一度も踊らないのは失礼だと言われてしまいかねない。そういう慣習があるのだ。

おかげで一度は義務を果たすため、壁の花希望の女性や意中の人がいない男性などは、親族に頼んで一曲だけ披露していく。

サリカも一瞬、そうしようかと考えた。

イレーシュ辺境伯家の主だった人達は、祖母と一緒にリンドグレーンへ向かったので不在だが、親族の誰かは来るだろう。辺境伯家の家令に頼み込んで、なんとかしてもらおうか。

「あああ、でも下手なのには変わりない……」

体裁《ていさい》は取り繕《つくろ》えても、数年ぶりに練習なしで踊ってステップを間違えたりしていたら、結局はその親族にも迷惑をかける。

エルデリックの部屋を出るなり頭を抱えたサリカに、ティエリが声をかけてきた。

「ちょっとどうしたの？　悩み事？」

心配そうに顔を覗《のぞ》き込まれた瞬間、サリカははっとした。

とっさにティエリの両肩を掴《つか》む。

「お願いティエリ様！　わたしを助けて！」

「え？　何なの？」

驚くティエリに、サリカは小声でぽそぽそと事情を語った。上手く踊れない。このままではエルデリックの顔に泥を塗る。練習相手をしてほしい、と。

それを聞いたティエリは、にやーっとしながら指示してきた。

「いいわ。練習に付き合ってあげましょう。ラーシュ様と一緒に、さっきの音の間へ戻っててちょうだい」

「うん、ありがとう！」

感謝したサリカは、早速ティエリの言う通りにする。

「ついてきてもらってごめんね」

そう言えば、ラーシュは仕方なさそうな顔をしながらもうなずく。彼にしてみれば、同じ場所でもう一度待機しなければならないのだから、退屈だろう。

二人だけではやや広い王宮一階の音の間は、楽器が置いてある。先ほどエルデリックがここで練習をしたのも、演奏付きで踊らせるためだった。

しばらく待っていると、ようやくティエリがやってきた。

「ごめんねサリカ。ちょっと集めるのに手間取っちゃって」

集めたと言った通り、ティエリは三人ほど男性を連れてきていた。

一人はまだ若いエルデリックの騎士。貴族の三男坊な彼は、エルデリックに一生付き従う近衛となることを期待されて、若年で騎士叙任を受けた人だ。サリカより年下の十五歳だったと思う。

もう一人は、長年この王宮にいるサリカも顔と名前は知っている。王宮の警備を任されている中年の髭《ひげ》が豊かな騎士だ。ラーシュに片手を上げて挨拶《あいさつ》しているので、彼とも顔見知りだったようだ。

最後の一人は、フェレンツ王の騎士ブライエルだ。

そう言ってティエリは楽器が置かれた隅へ行き、横笛を手に取っている。

「始めましょうか」

「え、ティエリが踊ってくれるんじゃないの？」

そのつもりで頼んだのに、どうしてと尋ねれば、ティエリは悪者みたいな笑みを浮かべて答えた。

「最初はそうしようと思ったんだけど、やっぱり男性相手の方がいいでしょ？　それに私、男性側は踊れないし。あ、足は踏まれるって言ってあるから、遠慮しなくて大丈夫よ」

ひょうひょうと言ったティエリは、サリカが呆然《ぼうぜん》としている間に、若い騎士に最初の相手を頼む。彼はなぜかラーシュに申し訳なさそうな顔をしながら、サリカの前に立つ。

踊るのは三拍子のコレーアだ。複数人が輪になって踊る、バルタ王宮では定番のものだ。

「どうぞ、サリカ殿」

手を差し伸べてくる若い騎士に、こうまでされて断るとか拒否をしたら、さすがに申し訳ない。それに練習相手に困ってティエリに頼んだのだ。その上でティエリから依頼され、受けてくれた彼らの好意を無下《むげ》にするなど、もっての外ではあった。

「宜《よろ》しくお願いします」

真剣な表情になって、サリカは一礼した。

若い騎士と手を触れあった瞬間に、ティエリが笛を吹き始める。

三拍子の曲だけれど、主旋律を奏でていく笛の音では拍子を取りにくい。けれどそれも心得ていたのかティエリに頼まれていたのか、彼は小さな声で数えてくれた。

「いち、に、さん」

さん、で若い騎士に手を引かれるまま足を踏み出して、二人で寄り添うようにして、決められた足取りで踊り始める。

最初はサリカが思った以上に上手くいった。

エルデリックの練習を見ていたおかげかもしれない。

けれども彼に手を引かれるままくるりと回ろうとして、

「おっとっと」

「サリカ殿！」

足がこんがらがって転びかけ、危うく若い騎士に引き止めてもらえた。お互いに転ばなかったことにほっと息をつく。もちろんサリカは助けてくれた礼を言った。

「ありがとうございま――す？」

しかし若い騎士の方は、なぜか気まずそうな表情になり、自分の足で立ち直したサリカから、そろそろと後退しながら離れていった。

「次、お願いします」

ティエリもなぜか、そのまま次の騎士に相手を依頼した。……サリカが失敗したら、すぐに別な人と交代する手はずになっていたのだろうか。

交代して近づいてきた警備担当の髭の騎士は、なぜか苦笑いしているし、ブライエルは楽しげに微笑んでいる。

ラーシュはやや機嫌が悪そうに見えるが、彼はサリカと一緒にいたので、ティエリが彼らとどういったやりとりをしたのかは知らないはず。

そうしてサリカはわけが分からないまま、二人目と踊り始めた。

二度目なので慣れたはずなのに、先ほどの失敗で動揺してしまったのか、早々に髭の騎士の足を踏んでしまった。

「あ、あの、ごめんなさい！」

謝ったサリカだったが、髭の騎士はなぜかほっとしたように「じゃ、交代するからな」と言って、自らブライエルと入れ替わった。

これはやはり、サリカが失敗したら交代する取り決めをしていたのだろう。

ブライエルは、あいかわらず楽しげな表情でサリカに手を差し伸べた。

「お手をどうぞ、サリカ殿」

「宜しくお願いします」

そうして踊りだしたのだが、ブライエルはなかなか交代しなかった。サリカがターンをしようとしてよろけても、右足か左足かがこんがらがって足を踏んでしまっても、だ。

最後の一人だからだろうか、とサリカは思った。

とにかく一曲踊り切ったところで、ようやくサリカはブライエルとお辞儀をして離れた。

それでサリカとの練習時間は終わり、ということになったらしい。

「ではティエリ殿。約束は果たしましたので、これにて失礼しますよ」

「ええ、ご協力ありがとう」

にこやかにティエリが礼を言い、練習に付き合ってもらったサリカも三人にもう一度お辞儀をする。三人のおかげで、忘れかけていたダンスの勘も、大分戻ってきたのだ。心の中は感謝でいっぱいだった。

彼らが去ると、ティエリも笛を元の場所に戻して音の間を出て行った。

間際に一言「自主練習してきてもいいわよ。殿下もこの後はお忙しくないはずだわ」と告げて。確かにエルデリックはこの後で特別な予定が入ってはいなかった。ハウファや召使いがいれば充分だろう。

「まぁ、確かに練習は必要か……」

とはいえ、一人きりならいいけれど、ラーシュが見ている前で一人で足取りの確認をするのは恥ずかしい。それに一息つきたい気もする。

なのでサリカは、息抜きに庭に出てもいいかをラーシュに尋ねた。

「好きにしたらいいんじゃないのか？」

ラーシュはあいかわらず不機嫌そうな顔だ。

「どうかしたのラーシュ。具合でも悪いの？」

「……いいや、そういうわけじゃない」

否定しておきながらも、ラーシュは小声でぼそぼそとつぶやいている。

「なんで俺がもやもやとするんだ……。関係ないだろ……」

つぶやきの断片しか聞こえなかったが、胃の調子でも悪いのかもしれない。襲撃以来、ずっとサリカにつきっきりに近い状態だったから、疲労が蓄積しているのだろう。

なら、庭に出て休憩するのは、ラーシュにとってもいいことかもしれない。

サリカはそう考えて、音の間の掃き出し窓から庭へ降りた。

少し離れた場所に椅子が置いてある。ラーシュにもそこへ座っていてもらおうと思いつき、サリカは足を進める。

けれどさっきまでずっと踊っていたせいだろうか。何気なく足がダンスの型を辿《たど》ってしまう。

その直後に、ラーシュに声をかけられた。

「そこは右足を前だ」

言われて、そうだと思ってやり直そうとしてしまってから、つい踊ってしまったのを見られてサリカはきまり悪い気持ちになる。

「い、いいの。今はちょっと休むつもりだから」

照れ隠しに言ったら、それはラーシュに見抜かれていたようだ。

「練習、続けたいんじゃないか？　まだ一曲通して成功してないだろ。必要だったら付き合ってやってもいい」

思わず振り返ってラーシュを見上げてしまう。彼はどこか拗ねたように、目をそらしていた。けれど怒っている様子はない。さっきよりは機嫌が良くなったのだろうか。

「……あの、手伝ってくれるの？」

「お前が嫌じゃないなら」

「え、い、嫌じゃない！」

練習に付き合ってくれる人がいるなら、せめてよろけず足を踏まずに済むようになるまで、どうにかしたかった。

慌てて頼めば、ラーシュが小さく笑う。

「じゃ、手を伸ばせ」

舞踏会での決まり文句ではなく、ぶっきらぼうな言い方だったけれど、彼らしいダンスの誘い方にサリカは思わず笑って手を伸ばした。

最初の一歩は、男性側に手を引かれて踏み出す。

近づくと、もう片方の手も握られて引き寄せられた。その時の力が強すぎて、サリカはラーシュの胸に受け止められる形になってしまう。

ごめん、と謝ろうとした。けれどラーシュにその言葉は遮られる。

「左足」

言われてすぐ、踊り続けろと言われたのだと理解して、サリカは左足を後ろへ。

そのままサリカは、ラーシュと足並みを合わせて踊り続けた。

足を踏みだし間違えそうになる前に、ラーシュはそちらの手を引いてくれるので、すぐに分かった。

おかげで彼の足を踏むこともなく、よろけても腕で引き上げられるようにして支えられて、一曲分の時間を踊り切った。

「足は踏まずに済んだようだな」

「あの、ありがとう。ラーシュが度々教えてくれるから、間違わずにいられたみたい」

素直に礼を言って見上げたラーシュの顔は、先ほどよりもずっと穏やかな表情を浮かべていた。どこか安心したような感じだ。

それを見て、サリカは自分の下手さにラーシュは不安を抱えていたのだろうと思った。本番で思いきり足を踏んだりと失敗をすると思ったからこそ、見ているだけで不安になって機嫌が悪そうに見えたのだ、と。

そう結論付けたサリカに、ラーシュは言う。

「今度はあまり助けないからな。自分でついて来いよ」

「うん」

続けて練習してくれるラーシュに、深い感謝と……安堵《あんど》を覚える。

どうのこうのと言って、最近ずっと側《そば》にいたせいだろうか。息を合わせやすいのか、他の人よりも踊りやすい。

それに助けないと言いながら、きっとラーシュが支えてくれると思うからだろうか。なんだかとても安心するのだった。


それを窓から眺めながら、ティエリはほくそ笑んでいた。

「うふふふ。サリカが他の男性と踊っている間、誰かに側を譲っちゃった気分になって、もやもやしたんじゃないかしら～。今までそんなこと考えたことがなかったのに、ってね。でも素直に認められないけど、ようやく自分がその手をとることができて、内心ほっとしてるのよきっと。そうじゃなきゃわざわざ後から踊らないわよね？　楽しいわ～。ハウファにも教えてあげよっと」

けれど頭がいっぱいのサリカと、自分のしていることに戸惑うラーシュは、その視線に気づかなかったのだった。

「それにしても殿下、ドレスまでご用意していらっしゃるとは思いませんでしたわ。そんなにサリカと一緒に、祝宴にご出席されたかったのですか?」

◇◇◇

ダンスの練習後、お茶の支度をしたハウファが、茶器をエルデリックの前に置きながら尋ねる。するとエルデリックがにこっと笑って、卓上にあった紙と筆記具を手に取る。

そうして書かれた文字を見て、ハウファは微笑んだ。

『ずっと、祝宴で初めて踊る相手は、サリカがいいって決めてたんだ』

「本当にサリカがお好きなんですね」

ハウファは微笑ましいものを見るように言うと、扉をノックする音に、エルデリックに背を向けた。

その間に、エルデリックは紙の端に小さく書き加える。

『それぐらいは、許されると思うんだ』

書いてすぐ、エルデリックはその紙面を切り離して丸め、屑籠《くずかご》の中に捨ててしまったのだった。

あとがき

はじめましての方も、お久しぶりの方も、お読み頂きありがとうございます。佐槻奏多です。

今回は王子の女官が、陰謀に巻き込まれたせいでお見合いをさせられそうになった上、暗殺からも逃げなければならなくて、とある青年騎士と文句を言い合いながらも二人でなんとかしていく話です。

このお話は『小説家になろう』さんというサイトにて、場所を借りて掲載していたものに、修正や加筆、番外編を加えたものです。変人を書く練習に書いたこのお話が、沢山の方に読んでもらえた上、こうして本にして頂けるとは思いもしませんでした。

先々月にも別出版社さんで大判で書籍化した作品もあり、幸運すぎて大丈夫か私……と思っております（笑）

そして主人公を可愛く、不幸なヒーローを格好良く描いて下さったねぎしきょうこ様に、感謝申し上げます。今回は本当に変なシーンを色々描かせてしまい、申し訳ないやら嬉しいやらで、平身低頭してしまいます。しかも御前試合の衣装のラフを拝見して、想像していた通りの衣装だったもので、エスパーか！　と驚愕しました。

さて、今回も書籍の御礼の小話をネットにて公開いたします。自ブログや『小説家になろう』さんの活動報告にて詳細を報告いたしますので、読みに来て頂けたら幸いでございます。

この本を出版するにあたりご尽力頂きました編集様。実は作品の連載中から読んで下さっていまして、感想を頂けてとても感謝しております。その他校正様、印刷所の方々など、沢山の方の手を借りて出版させて頂けたことを有り難く感じております。

そして、この本を選んで下さった皆様に御礼を申し上げます。

紙面に余裕がありましたので、小話を次ページから掲載しております。本編ラストシーン辺りの、サリカ視点になります。お楽しみ頂ければ幸いです。

佐槻　奏多

番外編　キスの後遺症

今までキスについてなんて、サリカは『自分には一生関係ないもの』として真剣に考えたこともなかった。人の話を聞いて想像することはあったけれど、すぐに考えを打ち切るような程度の代物だったのだ。

けれどロアルドにキスされて……怖いものだとしか思えなくなった。サリカの人生設計を壊す敵なのだから。

キスの仕方をラーシュに教えられた時だって、やっぱりどこか怖くて。

だから……優しいと感じた自分に驚いた。

演技にしてはあまりに真に迫りすぎていて、嘘を証明するだけの口づけにしては深すぎて。とてもそんな感想を抱くようなものじゃなかったはずなのに。

ラーシュを心配しすぎたせいで、他の感覚が麻痺してしまって、怖さもなにもかも感じなかったのだろうか？　と泣きすぎでぼんやりとした頭で考えた。

そう、ラーシュは無事に勝って、サリカを救ってくれたのだ。

思い出すと、サリカはますます涙が出てきてしまった。

おかげでラーシュは、サリカが嫌がって泣いているのかと心配になったようだ。

「そんな嫌だった……か?」

尋ねられた時には、誤解させちゃいけないと思って、なんとか嫌じゃないと答えた。すると強くラーシュに引き寄せられて、気付けばサリカは抱き上げられていた。

泣き止まないサリカを、そのままにしておくわけにはいかないと思ってくれたのだろう。

ハウファに手に持った手巾を変えられた時には、大人数の前でお姫様だっこされていることに気づいて恥ずかしくなったが、嗚咽が止まなくて、泣きすぎてどうしたらいいのかわからず、ラーシュに隠れようとしてしまった。

察したらしいラーシュに、首筋に顔をうずめられるように抱きかかえられた時には……とてもほっとした。

ふいに故郷の両親を思い出す。ややおかしな両親だったけど、泣き疲れれば抱き上げてくれて、あやしながら家に帰ってくれたものだった。

そのせいで、サリカは幼い子供のような気分になってしまったのかもしれない。ラーシュが歩くたびに揺れるのも手伝って、眠たくなるような、ふわふわした気持ちになっていた。

されるがまま、何の疑問も持たずに運ばれたのだが、到着したのはリボンをほどかれた場所だった。

なんでここに来たんだろうとぼんやり思っている間に、サリカはラーシュの膝の上に座らせられてぎょっとした。人様の膝の上に座るのは、抵抗があったのだが、ラーシュが疲れていると言ったので、彼を煩わせたくない、というのを優先してしまった。ラーシュに導かれるままに座ってしまうと、だんだんと居心地がいい気がしてきたのは……錯乱していたからに違いない。

鎧が当たって痛いのに、ラーシュから離れがたくて。ついつい子供が親にくっつくみたいなことをしてしまった。ラーシュも、大事なもののようにようやく泣き止んだサリカを抱きしめてくれている。

ラーシュの仕草に、今まで嘘の口実でしか言ったことがなかったことを思う。なんだかお父さんみたいだな、と。

でも涙が引いて時間が経つと、サリカは再び膝の上に座っていることが気になってきた。ラーシュだって足が痛くなるだろうと思い、サリカは離れようとした。

「あの、そろそろ帰らなくちゃ」

エルデリックの側を、勝手に離れてしまっていることも気になったのだが。

見上げたら、ラーシュにじっと見つめられていて。

どうしてか離したくないと思われているように感じて、心の奥がじわりと温められるような、変な感覚に襲われる。それが心地よくて、少し怖かった。

「送って行く」

ややあってラーシュはそう言った。

嫌だとは言えなかった。恥ずかしいけれど断るのが嫌な気がして、サリカは思わず小さくうなずいてしまったのだ。

冷静になったのは、ハウファに今日は休みと決められ、部屋に帰ってからだ。

顔を洗ってすっきりすると、先ほどまでのことを思い出したサリカは、思わず赤面してしまった。

ラーシュの行動って、おかしくない？　と。

泣いている女性を、人目から避けさせるために連れだしてくれたのはいいけれど、それなら王宮へ戻るとか、他に行く場所はあるはずだ。

なぜ座る場所もないような所を選んだのだろう。

まさか……抱きしめる言い訳をつくるためなのだろうかと考えて、サリカは慌てて自分の思いつきを否定する。

抱きしめていたいからだなんて、好きな人に対する行動みたいなことをラーシュが自分にするわけがない。キスだって、ロアルドとの結婚を断るために演じただけで、本気のものじゃないのだから。

でも、と思い出してしまうのは、一瞬、食べられてしまうかと思ったキスの感覚だった。

「だってだって、あれ、唇だけじゃなかった……よね」

思い返しながら、つい両頬を自分の手で覆ってしまう。

あれは親愛のキスどころの話じゃない。恋人同士じゃないとしないキスだ……。

好きじゃないのに、ラーシュはあんなことができるのだろうか。

「いや待って。ラーシュは女の人と付き合ったことあるみたいだから、片手間レベルでさくっと出来ちゃうのかもしれないし」

それでも疑問はまだ残っている。

演技なら、もっとそっけなくてもおかしくないのに、わざわざ泣いているのをなだめるように、瞼や頬に口づけるだろうか。まるで本当に、好きだと思ってるみたいな……と考えたところで、サリカは自分の両頬をバチンと叩く。

「あり得ない。ないない！」

ラーシュはサリカのことを好きだなんて言ったこともないのだ。さっきだってあんなに長い時間二人きりでいたのに、口にしてくれるわけでもなくて……。

と、そこまで考えてサリカは「うわああああっ」と顔を手で覆う。

「それじゃまるで、わたしが言って欲しがってるみたいじゃない！」

違う、それは断じて違う！　と心の中で叫ぶ。

「心頭滅却しなくては……」

混乱してきたサリカは、とにかく考えることを止めた。何をどこから考えたって、顔がほてって部屋の中を走り回ってしまいそうになるから。

こんな時は、縛られているラーシュの姿を思い出すに限る。

「前はそれで、冷静になれたもんね」

女官長の部屋で、適当にサリカに縛り上げられた無表情のラーシュを思い出した。

けれど今日はなんだかおかしい。

ラーシュの表情が、今日の別れ際のものを想像してしまって、なんだかどきどきして落ち着かないのだ。

「どうしてえええぇ」

考えれば考えるほど悩みが深くなるサリカの一日は、そうして過ぎていったのだった。

お見《み》合《あ》いはご遠慮《えんりょ》します

2015年12月１日　初版発行

初出……「お見合いはご遠慮します」
小説投稿サイト「小説家になろう」で掲載

著　者■佐槻奏多

発行者■杉野庸介

発行所■株式会社一迅社
〒160-0022
東京都新宿区新宿2-5-10
成信ビル8F
電話03-5312-7432（編集）
電話03-5312-6150（販売）

印刷所・製本■大日本印刷株式会社

ＤＴＰ■株式会社三協美術

装　幀■今村奈緒美

ISBN978-4-7580-4774-6

この本を読んでのご意見
ご感想などをお寄せください。

おたよりの宛て先

〒160-0022
東京都新宿区新宿2-5-10
成信ビル8F
株式会社一迅社　ノベル編集部
佐槻奏多《さつきかなた》 先生・ねぎしきょうこ 先生